アオハルデビ

著―池田明季哉

絵―ゆーFOU

美しい、と思った——人形のような、完璧な姿。
そして、その体は、燃えていた。
まるで、バースデーケーキのろうそくのように。

「私がいつあなたに負けたか
教えてもらいたいものですね」
伊藤衣緒花
Ioka Ito

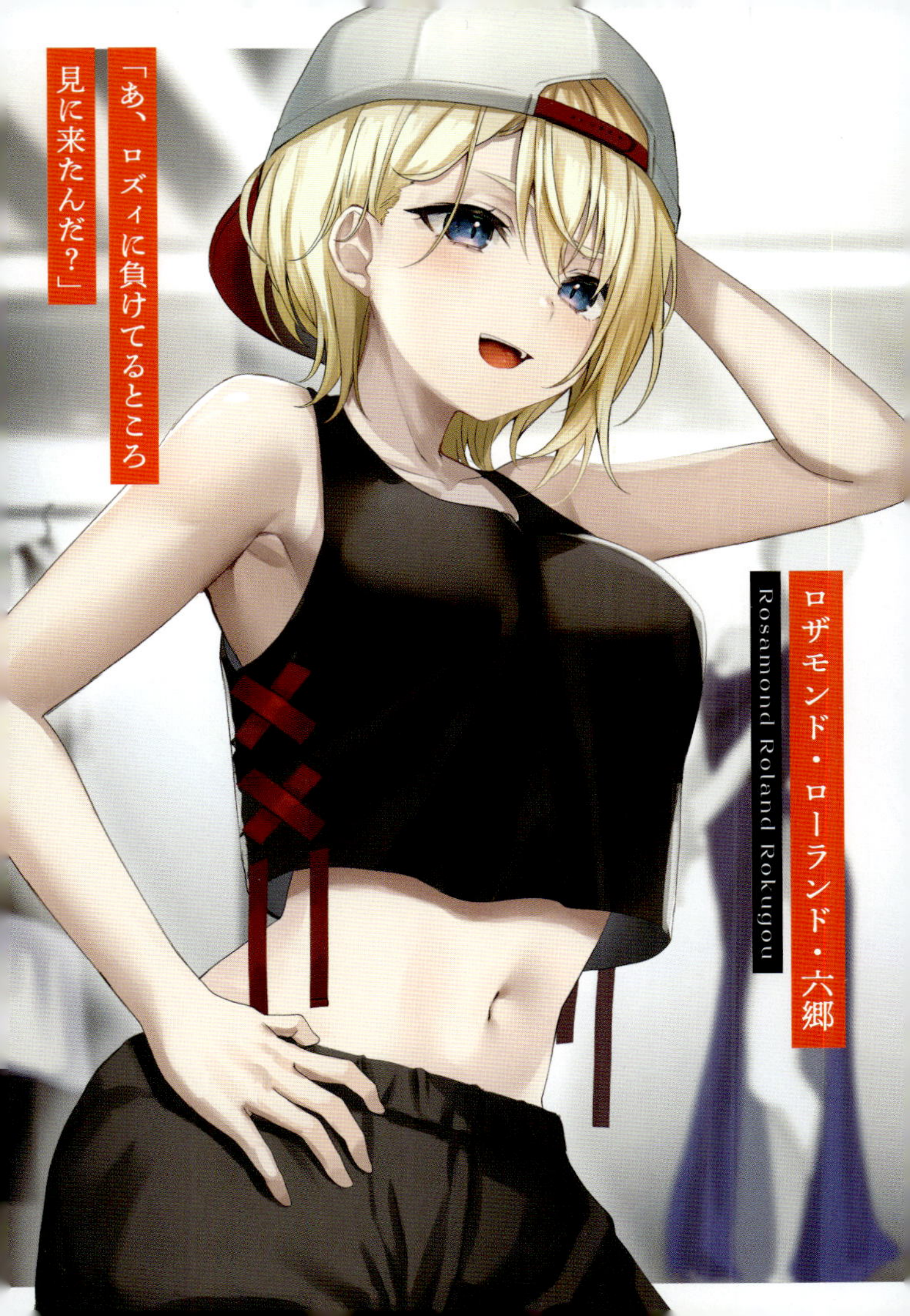
「あ、ロズィに負けてるところ
見に来たんだ?」
ロザモンド・ローランド・六郷
Rosamond Roland Rokugou

「ねぇ、まだ起きてます？」

「その……有葉くんは、なんで一緒にいてくれるんですか」

A O H A L　D E V I L

Written by Akiya Ikeda　Illustration by YUFOU

Published by DENGEKI BUNKO

Design — Kaoru Miyazaki (KM GRAPH)

もっとも偉大なものは情熱だ。
情熱を失ったら、いったいなにが残る？
誰かを全力で愛することなど、いくらでもできるだろう。
しかし情熱があって、燃えていて、火がついていなければ、
生きたことにはならない。

——ダイアナ・ヴリーランド

序章　屋上のバースデーキャンドル

AOHAL DEVIL

その夜、彼女の体からは、炎があがっていた。

学校にスマートフォンを忘れてしまうなんて、まったくうっかりしたものだと自分でも思う。日中に気づいていれば単に取りに戻ればいいだけだったのだが、気づいたのは夜遅くになってからだった。とはいえ、どうせ教室には誰もいないのだ。翌朝まで待てばよい。なければ死ぬというわけでもないのだし。

けれど、僕はゲームのログインボーナスを取りそびれていることを思い出してしまった。今日を逃すと、連続ログインが途切れてしまう。そんなに熱心にやっていたわけでもなく、なんなら惰性にすぎなかったのだが、それでも、もったいないとは思ってしまう。誰だって、避けられる損失なら避けたいものだろう。

たったそれだけの理由。

それが僕を、夜の学校に向かわせたのだった。

今思えば、これは完全に、間違った決断だった。

そして正しくない振る舞いは、往々にして悪を呼び寄せるものだ。

よくないことをしているとは薄々気づきつつ、僕は学校に向かって自転車のペダルを漕《こ》いでいた。前輪の回転と連動したヘッドライトが、見慣れた風景に見慣れない陰影を映し出す。

まだ初夏だというのに、空気はすでに生暖かった。風と埃《ほこり》の匂いが、体を満たす。よそよそしさとなれなれしさの両方が、肌に忍び寄ってくる。

砂と鉄でできた駐輪場。その隅に自転車を置いた時点で、変だな、と思った。

見慣れた学校の屋上。

そこに、なにか光がゆらめいている気がしたのだ。

青いその光は逆光となって、闇の中に校舎の四角いエッジを浮かび上がらせている。

……なんだ、あれ。

背筋が寒くなり、体が震える。

でも、わざわざここまで来たのに、なにもせず引き返す気にもなれなかった。

僕は予定通り、学校に忍び込むことに決めた。

学校の警報システムというのは、地雷のようなものだ。場所がわかっていれば踏まなくて済むし、踏まなければ問題はない。

僕は裏手のフェンスを越えて、鍵の壊れた地学準備室の窓を開けて中に入る。二年生にもなれば、実は夜でも学校には入れるルートがあるんだぜ、というような噂話《うわさばなし》は嫌でも耳に入る。

こんな機会にそれが本当であることを確認するとは、思ってもみなかったけれど。

脱いだ靴をそっと床に置くと、僕は靴下のまま廊下に出た。

夜の学校は静まり返っていて、窓から差し込む街灯の光が、すべてを青く見せる。いつもの上履きと違って、靴下は音がしない。僕は息を殺して教室に行く。ガラガラとドアが立てる音の大きさに驚きながら、教室に忍び込み、自分の机の中を探る。

そこに思ったとおりの冷たく四角い感触を見つけて、僕は胸を撫《な》で下《お》ろした。

確認のために点《つ》けた画面が煌々《こうこう》と光って、僕は目を細める。

よし。目的を果たしたら、長居は無用だ。

けれど。

僕は屋上のことが妙に気になってしまった。

「なんだったんだろう、あれ」

独り言が、誰もいない教室に響く。

なにかの見間違いだろうか。

合理的に考えれば、このまま立ち去るのが正しいと思う。

なのに、僕はなぜかどうしようもなく、あの光に惹《ひ》かれていた。

スマートフォンをポケットに入れると、小走りに、しかし音を立てないように廊下を歩き、階段を昇る。段の端に施された滑り止めの硬さが、足に刺さる。

屋上は施錠《せじょう》されている――ということになっているが、それは建前だ。緩んだドアノブを傾けるとロックが外れることは、ほとんどの生徒が知っている。

僕はできるだけ音を立てないように、ドアを開ける。

その先には、夜の暗闇が広がっている。

はずだった。

そこに、彼女はいた。

美しい、と思った。

そのすらりと伸びた姿は、まるで彗星《すいせい》の尾のようだ。体の輪郭を浮かび上がらせる紺色の薄いドレスが、星空にはためく。長い髪は風に流れ、伸びた脚の先の信じられないくらい高いハイヒールが、屋上の床に突き刺さっている。前髪には、小さな星のかたちをした髪飾りが光っていた。

人形《いん》のような、完璧な姿。

そして、その体は、燃えていた。

橙色《だいだいいろ》の炎が、徐々に青みを帯びながら、夜空の紺に溶けていく。熱を持った光の穂はその肩を這《は》い、首を駆け上がり、髪を昇り、頭の上から空へと伸びる。

まるで、バースデーケーキのろうそくのように。

飛んできた一枚の葉が、その炎に触れる。死んだようにぽとりと落ちたその葉は、たちまち真っ赤になって燃え尽き、灰になった。

その炎は、なぜか彼女の体も、髪も、服も、燃やすことはなかった。

そして、僕は見てしまった。

大きく開いた、彼女の胸元。

そこから、なにかが這《は》い出《で》てくるのを。

黒く小さなそれは、手足を動かし、尾を引いて、シュルシュルと首元に走っていく。

その姿は奇妙に遠近感がなく、まるで影のようだ。

しかし、そのシルエットは、明らかに。

「と、トカゲ……？」

追いかけた目線のその先で。

彼女の目が待ち構える。

レーザービームのように、まっすぐな瞳。

それが急に、ふらりと揺れて。

彼女の薄い唇が、小さく動いた気がした。

それを見て。

僕は階段を駆け下りた。

「ど、どうしよう⁉」

走りながら考える。なんだあれ。なんだ、あれ。幽霊？　いや、本物に見えた。でも燃えてたよな。確かに燃えてた。女の子だった。どうにかしないと。火災報知器を鳴らす？　ダメだ、そんなことしたら大事になる。じゃあ、バケツに水を汲《く》む？　掃除用具箱にあるはず。でも水溜めるの大変じゃないか？　悠長にそんなことしていられない。

そんなとき、視界に赤いものが入って急ブレーキをかける。靴下がつるつるした廊下を滑って、慌てて手をつく。

目の前にあったのは、消火器だった。

「これだよ！」

僕はその黒いハンドルを持って、持ち上げる。細かい注意書きがされた金属製の胴体は、ずっしりと重い。けれどももたもたしている時間はない。廊下を走って、階段をのぼる。使い方を思い出しながら。

助けなきゃ。

のぼりきった階段の先、半分閉じたドアを蹴り開けると。

そこには、誰もいなかった。

「あ、れ？」

炎も、彼女も、跡形もなく消え去っていた。

あたりを見回すと、地面になにかが落ちているのが目に入った。
手のひらに収まるくらいの、白い物体。
僕は消火器を置いて、身をかがめてそれを拾う。
青いステッカーに書かれた白抜きの文字が、その商品がなんであるかを告げる。
ミントタブレット。
彼女の落とし物、だろうか。
振ると中身がシャカシャカと響く。
それは、胸騒ぎの音に似ていた。
このとき僕はなにも知らなかった。
彼女がその身と心を、切なる願いに焦がしていたことも。
その願いが、僕の平穏な日常を、焼き払ってしまうことも。
見上げた夜に、星がきらめく。
その輝きが、彼女が発していた、炎の光と重なる。
そして僕は気づく。気づいてしまう。
この日、僕はなにもかも、すべての選択肢を間違えた。
そしてその間違いゆえに、彼女に出会った。
だとすれば、そう。

この出会いが善であるわけなどなかったのだ。

出会ったのは、悪そのもの。

願いによって呼び寄せられ、すべてを歪《ゆが》める、天の重力。

そんな星が輝く、夜空の下で。

僕の青春は、炎とともに、産声《うぶごえ》をあげた。

一筋の流れ星が夜空に光って、そして燃え尽きていった。

Aohal Devil
アオハルデビル
池田明季哉
絵 ゆーFOU
Written by Akiya Ikeda Illustration by YUFOU
Design by Kaoru Miyazaki(KM GRAPH)
Published by DENGEKI BUNKO

AOHAL DEVIL

第1章

この学校にはティラノサウルスがいる

AOHAL DEVIL

〈こんにちは、伊藤《いとう》衣緒花《いおか》です。今日は撮影の話をしますね。雑誌の特集記事、無事に撮り終えることができました。今回のコーディネートはスタイリストさんと相談して選びました。ワンピースはブランドの良さがすごく出ていて、シルエットも綺麗《きれい》だし生地もよくて――〉

その朝、いつものように登校した僕は、ぼーっとスマートフォンで動画を眺めていた。

世界は毎日、目にも留まらないスピードで流れていく。

いいね、拡散、レコメンド、トレンド。そういうものが次々と流れてくるのを、僕はふんわりと眺めている。ときどきこうして動画を見たり、人気のゲームをぽちぽちとプレイしたり、話題になったマンガを流し読みしたりする。その繰り返しだ。

満ち足りている、どころか、溢《あふ》れている。空に輝く星のひとつひとつを数えることができないように、僕はただ、名前もたいして知らない光をひたすら眺めている。

そういうものを、なんとなく消費する毎日。惰性で世界にログインし続ける日々。

——そんな自分のことを、石ころのようだと思うことがある。
空を見上げる、冷え切った路傍の石。
それが僕だ。
でも、この世界には、そうでない人もいる。
輝く星の側の人々。
ポケットからミントタブレットのケースを取り出して、シャカシャカと鳴らしてみる。
スマートフォンの動画に目を戻すと、彼女の髪には、星が輝いていた。
当然の疑問に、僕はまだ、答えを出せていない。
どうして彼女が、あんなところにいたのだろう。
いや、そもそも、あれは現実だったのだろうか？
「おはよー、有葉《あるは》」
「ん、おはよう」
後ろからかけられた声に、僕は振り向かないまま返事をする。
すると机の上に、いきなりドンとなにかが置かれた。ものすごい圧を感じる。
目を上げると、そこには四角いプラスチックが層状になって、うず高く積まれていた。
座っていると見上げるくらいの高さがある。
「なにこれ」

「CD。ボク、貸すよって言ったじゃん」

そう言って、塔の主は胸を張った。

宮村三雨《みやむらみう》は、隣の席に座っているクラスメイトだ。

金色に染めた髪が朝の光に透けて、耳についたピアスが光る。派手な格好に似合わず、その目は人懐《ひとなつ》っこい。もう初夏だというのに制服の上から黒いパーカーを羽織った小柄な姿は、なんとなく黒いウサギを思わせる。

いかにもロックが好きですという見た目をした彼女は、なんと一切の意外性なく、本当にものすごくロックが好きなのだった。

彼女はあまりにも外見が派手だし、好みもはっきりしすぎているので、クラスでも敬遠されていた。だから彼女と話すようになったのは、まったくの偶然だった。

ある日、本人がいないあいだに、机に立て掛けてあったギターが倒れそうになった。とっさに僕は奇声を発しながらダイブし、ギリギリでギターを救出した。ちょうどそこへ戻ってきた三雨《みう》は床に転がってギターを支える僕を見てたいそう感激し、そしてそれから、僕に熱心なロックの布教をはじめた。

なにはともあれ、そんなわけで。

僕らは友達になったのだった。

机の端にスマートフォンを置くと、僕は改めて、三雨《みう》が築いた塔を見上げる。

「CDとは聞いてなかったし、タワーみたいになってるし」

「これは全部70年代だから、まだ低層階だよ？」

「ゲームみたいに言わないでよ。というか、そもそもCDなんか聞けないんだけど」

「え⁉」

「プレイヤーとかないもの」

「そ、そんな人類が地球に存在するの⁉」

「ロックの星の常識は知らないけど、地球では普通だと思う」

「じゃ、じゃあ逆に現代から遡ろう！　それならPV動画であるし！　ボクのオススメはね、〈イナーシャ〉って日本のバンドなんだけど、最近とうとうメジャーデビューしてさ、ボーカルの人がとにかくかっこよくてね、海外に行ってたギターがようやく帰ってきてサウンドにUKっぽさが……」

　彼女の講義は、ほとんど右耳から左耳という感じなのだが。

　こんなに人に薦めたくなるものがあるのは、うらやましいとも思う。

　きっとそれが、僕が三雨《みう》と友達でいたいと思う理由なのだろう。

　そんなことを考えていたので、僕はすっかり油断していた。

　動画を再生しようとした三雨《みう》が、机の上にあった僕のスマートフォンを手にとっていることに、気が付かなかったのだ。

「うわ、勝手に見ないで！」

僕は慌てて彼女からスマートフォンをひったくるが、時すでに遅し。

一時停止になった画面が、三雨《みう》の目に入る。

「なんだ、衣緒花《いおか》ちゃんか。有葉《あるは》があんまり慌てるから、やらしいやつかと思っちゃった」

「え、三雨《みう》も知ってるんだ」

「そりゃそうでしょ。伊藤衣緒花《いとういおか》といえば、うちの学校のスターじゃん」

「ロックにしか興味ないのかと思ってた」

「有葉《あるは》が知っててボクが知らないわけないし」

「いや興味の偏りようでは負けると思うけど……」

「無趣味代表の有葉《あるは》に言われたくない」

ぐうの音も出なかった。しかし三雨《みう》は本当に詳しいようで、すらすらと説明する。

「だってさー、すごいじゃん。動画の再生回数見たでしょ？　テレビとかは出てないけど、いろんな雑誌とかブランドで写真見るもん。中学生からモデルやってるんだって。憧れちゃうよね。ボクたちが入学したときだって有名人がいるって大騒ぎで、春ごろは告白したい男子が列になってたんだから」

「そんなラーメン屋みたいな……」

僕は顔をしかめる。あまりにも軽薄すぎやしないだろうか。

「でも、それで告白した男子は、みんなその場でめちゃくちゃ辛辣に批判されて立ち直れなくなったって。それで衣緒花《いおか》ちゃんについたあだ名がね――」

その後に続いた言葉は、あまりにも意外で。

そしてどこか、痛快だった。

「――逆巻高校《さかまきこうこう》のティラノサウルス」

暴君トカゲ。恐竜の王。T・REX。

白亜紀を生きたという、史上最大級の肉食恐竜。

軽薄な下心を予想以上のパワーで砕かれた人々が、復讐《ふくしゅう》と畏敬の意を込めた名前。

その力強さは、僕の印象とも一致していた。

僕は昨日の夜のことを思い出す。

彼女はなぜあんな時間に、屋上にいたのだろう。

なにより、あの炎はなんだったのか。

いや。

あの炎のことを、僕は多分、知っている。

そのときだった。

ざわついていた教室が急に静かになって、僕たちは違和感に顔をあげる。

上履きと床が、キュッと擦れる音がして、噛《か》み付《つ》くような声が、響いた。

「探しましたよ。在原有葉《ありはらあるは》くん」

僕と三雨《みう》は、声がしたほうへ、同時に目線を動かす。

そこに立っていたのは。

伊藤衣緒花《いとういおか》、その人だった。

「私と来てください」

冷たく指示をするその印象は、炎とは正反対だった。

水のように流れる黒髪。空のように透き通る肌。蝶《ちょう》のように揺れる睫毛《まつげ》。花のように綻ぶ唇。

細い顎の向こうに見える首は、滝のようになめらかに胸元に流れていく。頭は驚くほど小さく、腰は目を疑うほど細く、手足は信じられないくらい長い。制服という同じ装《よそお》いに身を包むからこそ、その身体《からだ》の美しさが際立《きわだ》っている。自分と同じ生き物だとは、とても思えなかった。

しかしなにより印象的なのは、その目だった。

切れ長のかたちの奥で、静かに、けれど確かに宿る温度。それは闇に輝く星を思わせた。たとえば、北極星のような。

その光が髪にきらめく星の髪飾りと同期して、空間さえも支配する。

騒がしかったクラス全体が、声をひそめてこちらを窺っている。

そこに現れただけで、すべてが変わってしまう。

まるで、彼女が世界の中心みたいに。

牙のように尖《とが》ったその両目が僕を突き刺す。

びくん、と自分の背中が跳ねるのを感じる。

巨大な捕食者に見つかった、草食動物の気分だ。

僕が戸惑っていると、彼女はつかつかとこちらに近づく。

胸がくっつきそうになるまで距離を詰めて、僕を睨《にら》みつけた。

「聞こえませんでしたか？　返事がありませんが」

「そ、そんなこと言ったって、授業すぐはじまるし」

「だからなんだというのですか」

「いや世界史が小テストだから……」

「それならなおさら私と来るべきでしょう」

「ど、どういうこと？」

ふんと鼻を鳴らして、彼女は髪をかきあげる。

「私が世界の歴史に名を刻む女だからです」

僕はあっけに取られてしまった。

まったく理屈が通っていない。

通っていない、が、あまりにも堂々と言い切るので、気圧《けお》されてしまう。

その隙に、ぱっと伸びた彼女の手が、僕の手を摑《つか》む。

「いいから！　私が来いと言っているのです！」
勢いよく引っ張られた僕は、バランスを崩し、足が机をはね上げて。
置いてあったCDが、宙に舞った。
正方形のプラスチックが、雨のように降り注いで。
透明なケースが、窓から入った光を反射して、きらきらと輝いている。
揺れる視界の中、そのひとつに、こう書いてあるのが見えた。
二十世紀少年《トウエンティス・センチュリー・ボーイ》。
それがどんな曲なのか、僕はまだ知らない。
ただひとつ、確かなのは。
巨大な星の重力に、小さな石ころが、捕まってしまったということだけだった。

■

市立逆巻高校《さかまきこうこう》は、自由な校風の進学校である。

というのは、この学校のもっともよい面に注目した言い方だ。実際には生徒は放任されており、たとえば三雨《みう》みたいな格好をしていてもなにも言われない代わりに、指導はずいぶん淡々としている。面倒見がよいとは決して言えないこの学校がそれでも進学校として機能しているのは、よりよい学びを求める上位層には相応のバックアップを与えているからだ。しかし裏を返せば、ひとたび落ちこぼれてしまうとフォローはない。それを自主性の尊重と見るか、放置されていると見るかは、意見の分かれるところであろう。

こうした一種の裏表は施設の管理にも表れていて、表向きは比較的新しく小綺麗《こぎれい》な校舎で掃除も行き届いているのだが、細かい不具合は割とそのまま放置されている。そう、例えば窓の鍵が壊れていて夜も学校に入れてしまったりとか、施錠《せじょう》されているはずの屋上のドアがかんたんに開いてしまったりとか。

こうして人通りのない空き教室がそのままになっているのも、そのひとつだ。

「さて――」

僕は引きずられていった先の空き教室で、彼女と対峙《たいじ》していた。

「――自分がなぜここにいるのか、理解していますよね」

ドアを背にして逃げ道を塞いだ彼女は、僕に詰め寄る。

空き教室はカーテンが引かれ、朝だというのに暗かった。始業前の生徒の喧騒《けんそう》は、かすかに聞こえる程度。その中で、彼女は獲物を追い詰めるように、僕を睨《にら》みつけている。

「さあ……無理やり連れてこられたから」

「無理やりとは人聞きが悪いですね」

「誰も聞いてないからここにしたんでしょ」

「そこまでわかっているなら誤魔化さないで」

あまりに高圧的な態度に、僕はため息をついてしまう。

「……屋上のことでしょ、えっと、伊藤《いとう》、さん」

「そんなありふれた名前で私を呼ばないでください」

「本名なんじゃないの？」

「苗字《みょうじ》は好きではありませんので」

「知らないよそんなこと。じゃ、衣緒花《いおか》？」

「敬意が足りない気はしますが、まあよいでしょう」

満足そうな顔もせず頷《うなず》くと、彼女はその長い指を僕に突きつける。

「私の要求は単純です。例の件については、口を閉ざしていて」

その刺々しいトーンを別にすれば、内容は予想通りではあった。

彼女の髪についた、星の髪飾りに目を向ける。

やはり、あれは本当に、伊藤衣緒花《いとういおか》だったのだ。

「わざわざ言いふらしたりしないよ」

「それを信用する理由は？」

そもそも、屋上で大人気ファッションモデルが炎上していたんだ、なんて言っても、誰も信じないと思うが。しかし彼女はそれで納得してくれそうには見えない。

「えっと、別にメリットがないから？」

「そんなわけがないでしょう。この私の弱みを握っているんですよ？」

「弱みって言っちゃったな……」

「そっ、それは別に私が言わなくても、考えればわかるでしょう！　とにかく、まともな人生が送りたければ、私に関するすべての記憶を脳内から消して。今すぐ」

「僕だって、別に余計なことに首をつっこみたいわけじゃない」

「わかればよろしい。では、以降は無関係ということで。約束を反故《ほご》にした場合は……」

「場合は？」

「人生の終わりを覚悟しておいてください」

恐ろしい威嚇をぶつけて、彼女はくるりと踵《きびす》を返《かえ》す。

やれやれ、と僕は思う。

これで終了だ。彼女と僕の日常が、もとから交わるはずもない。

月とすっぽん。雲泥《うんでい》の差《さ》。星と石ころ。単なる交通事故。

――だけど。同時に考えてしまう。

このまま放置して、いいのだろうか、と。

なぜなら。

僕は知っている。

あの炎が、ただの炎でないことを。

まともな人生、と彼女は言った。それが単なる脅し文句であることは明らかだ。

でも、衣緒花《いおか》はどうなのだろう。

彼女は、まともな人生を、送れているのだろうか？

脳裏に、屋上の光景がひらめく。

燃え上がる彼女の姿。

あのとき、どうして消火器を持っていったのか。

理由ははっきりしている。

彼女の唇が、こう動いたと思ったからだ。

──たすけて。

「衣緒花《いおか》。君に言わないといけないことが、ふたつある」

「へえ？　なんです？」

彼女は振り向くと、片方の眉を不機嫌そうに吊《つ》り上《あ》げた。

「まず、これ」

僕はポケットから、ミントタブレットを取り出す。

衣緒花《いおか》はハッと目を見開くとつかつかと僕に近づき、食いちぎらんばかりの勢いでその白いケースをひったくった。

「お礼は言いません」

「別にいいよ。それともうひとつ――」

臆しそうになりながらも、告げる。

「――僕は、君の秘密を知ってる」

次の瞬間。

長い髪が、揺れた。

なにが起きたか理解したときには、すでに狩りは終わっていた。

踏み込み。伸びる手。体を反射的に引く。逃げられない。掴《つか》まれる。重心が崩れる。そして瞬《また》きよりも短い時間のあと。

世界が回転した。

いや、宙に舞ったのは、僕のほうだ。

床に背中を打ち付ける。息ができない。頭を打たなかったのは幸いだった。いや、頭を打たないように、引き上げられたのか。

倒れた体の上に、重量を感じる。

衣緒花《いおか》は僕の上に、馬乗りになっていた。両腕が頭の上で押さえられていて、身動きが取れない。なんて力だ。

それが表情に出ていたのか、彼女は嘲るようにふんと鼻を鳴らした。

「モデルですから。人体のことはよくわかるんです」

「いてて……そういう問題じゃないでしょ……」

「あと、柔道を少々。体の使い方は重要です。それに、スタンガンや特殊警棒と違って肉体は合法ですから」

「武道を凶器にしちゃいけないんだぞ」

「いいえ、これは積極的護身ですので」

「先制攻撃を都合よく言い換えないでよ」

「いちいちうるさいですね。もし言うことを聞かないのなら——」

衣緒花《いおか》は僕の腕を離して体を起こすと、するりと制服のリボンを解いた。それからブラウスのボタンをなめらかな手付きで外していく。白い胸元があまりに眩《まぶ》しくて、僕は思わず目を逸《そ》らす。

「な、なにしてるの⁉」

答えるかわりに、彼女はスカートのポケットから四角いキーホルダーを取り出して、真ん中のボタンに親指を当てた。

体を起こそうとするが、彼女のもう片方の手が胸に叩きつけられ、押さえ込まれる。

そして僕の目を見て、邪悪な笑みを浮かべると、言った。

「——あなたの人生、ぶっ壊します」

それはキーホルダーなどではなく。

防犯ブザーだった。

めちゃくちゃだ。いったいどこの世界に、こんなことをするモデルがいるんだ。

同時に認めざるを得なかった。これは効果的だ。衣緒花《いおか》がボタンを押したら、周りの教室から人が押し寄せるだろう。彼女がちょっと演技をすれば、襲ったのは僕だということになる。

「だから待ってってば！」

「あなたのせいですよ。余計なことを言うから」

「待って！　僕は、君の炎の原因を知ってるんだ！」

「……そんな嘘《うそ》を、どうして私が信じると思ったんです？」

その口調とは裏腹に、重い動揺が、触れた肌から伝わってくる。

彼女の体を押し返すようにして、僕は息を整えた。

「あのときはとっさに消そうと思ったけど……よく考えてみたら、君は驚いてなかった。自分の体が燃えているっていうのに。ということは、あれがはじめてじゃないはずだ。もしかしたら、日頃からああいうことがあるんじゃないか？」

「だったらなんだと？」

「だからさ。君の炎を、止められるかもしれないんだ」

「騙《だま》されません。どうせなにかのインチキで、恩を売って後で好き放題するつもりなんでしょう。いやらしい。いいから、誰にも話さないと約束してくれればいいんです。これ以上、手間をかけさせないで」

言われてみれば、信じろというほうが無理かもしれない。

でも、なんて言えばいいんだ。

逡巡《しゅんじゅん》して目線をさまよわせた先で――僕は見てしまう。

はだけた彼女の胸元から、黒い影が這《は》い出《だ》すのを。

「またトカゲ！」

それは首元を通り、素早く背中に抜けていく。

「なんです？」

衣緒花《いおか》は訝《いぶか》しげな視線を僕に送る。

間違いない。

これは予兆だ。

そして僕は気づく。

「体が、熱い……」

「やっぱりいやらしいこと考えてるじゃないですか！」

「それは不可抗力――じゃなくて！　僕の体じゃない、君の体だよ！」

「なにを、言っ、て……っ」

平静を装《よそお》った声が、途中で揺れる。隠しきれない呼吸の苦しさ。

体に伝わってくる温度は、もはや、人間のそれを超えていた。

僕はあたりを見回す。

机。椅子。床。すべて木だ。

つまり。

ぜんぶ、燃える。

僕は屋上の、あの光景を思い出す。

もし同じように火が出たら、とんでもないことになる。

そのとき。

キン、コン、カン、コン。

始業のチャイムが鳴った。

一瞬だけ、彼女の視線が外れる。

その瞬間を、僕は見逃さなかった。彼女の手を摑《つか》む。カラン。防犯ブザーが床に落ちる音。

彼女が倒れて、僕は体を起こす。さっきまでの力は、今やどこにもない。摑《つか》んだ手首の細さと熱さの両方に、僕は驚く。

「は、離して……！」

「そんなこと言ったって！」

「私が離せと、言っているのです……！」

立ち上がろうとした彼女は、しかしよろけて倒れそうになる。

僕はそれをとっさに支える。触れた肌から伝わる温度が、刻一刻と上がっているのがわかる。

「やめて……放っておいてください……！」

「そんなわけにいかないだろ！　とにかくここを離れないと」

「いいです……自分で、屋上に、行くので……」

「ダメだよ、間に合わない！」

小さな炎が、彼女の肩にひらめいた。

多分、もう時間がない。

衣緒花《いおか》の華奢《きやしゃ》な顎の先端に、汗がしずくを作っている。体にも力が入っていない。確かに屋上なら燃えるものはないだろう。しかし、この状態で階段を昇るのは無謀だ。

だとしたら、可能性はひとつしかない。

同じ階なら、なんとかなるかもしれない。

「早く立って。行くよ！」

僕は彼女に肩を貸して助け起こす。足元がふらついている。体温はさらに上がっている。長く触れているのがつらいくらいだ。

「こっち！」

僕は彼女を引きずるようにしながら、廊下を急ぐ。

今はもう朝のホームルームがはじまっている。あまり人目がないのは幸運だった。見咎《みとが》められたとしても、いくらでも言い訳は利く。

なぜなら、行き先が行き先だから。

苦しそうに歪《ゆが》めた唇が、震えながら動く。

「どう、して……」

理由なんて自分でもわからなかった。

どうしようもなく大きな力に、動かされているみたいな感覚だった。

たとえるなら、そう。

重力に引かれて落ちる、隕石《いんせき》のように。

僕はいつものホームルームが行われている教室の隣を抜けて。

彼女の肩を抱いて、走った。

■

僕たちは人のいない廊下をしばらく走って、たどり着いた先のドアを開ける。白い引き戸はガラガラという音を立てて、ストッパーでバンと跳ね返った。

「佐伊《さい》さん！」

「うわっ⁉」

開けたドアの向こうに座っていたその人物は、弾かれるように椅子から飛び上がる。

振り向いて僕の顔を見ると、胸に手を当てて大きく息を吐いた。

「なんだ、有葉《あるは》くんか。保健室に入るときはノックをしたまえよ。私がサボっていることがバレたらどうするんだい」

そう言いながら、机の引き出しにゲーム機を放り込むと、ずれた眼鏡を直した。

無造作に頭の上でまとめた髪は明るく染められていて、まるで湯上がりのようにリラックスした雰囲気だ。その緩急ある身体《からだ》つきとつり上がったレンズの眼鏡は、どことなくハチを思わせる。それも特大のスズメバチだ。背が高い割には妙にくだけた雰囲気で、制服を着ていたら生徒に見えるかもしれない。

彼女はさっきまでポテトチップスをつまんでいた手を払うと、羽織った白衣のポケットに、手を突っ込む。

そう、白衣。

当然だ。ここは保健室なのだから。

本来は、このどうしようもない不良養護教諭であるところの斉藤佐伊《さいとうさい》が、勤務時間中にもかかわらずお菓子を食べながらゲームをしていたことを問題にすべきなのだろうが、今はそれどころではなかった。

　僕は抱きかかえた衣緒花《いおか》を、保健室の奥へと運ぶ。

「この子、例の子！」

　昨日、屋上で衣緒花《いおか》が燃えているのを見た帰り、僕は佐伊《さい》さんにメッセージを送っていた。なぜなら佐伊《さい》さんは、こういう事象にまつわる研究者だから。

「例の、ってまさか」

「うん。憑《つ》かれてる！」

「それを先に言いたまえ！」

　佐伊《さい》さんは慌ててカーテンを引くと、ドアに走って鍵をかけた。光と一緒に、外からの視線は遮られる。室内は急に薄暗くなり、衣緒花《いおか》の苦しそうなうめき声が、反響せずに吸収されていく。

　急ぎ衣緒花《いおか》の額に手を当てた佐伊《さい》さんは、顔をしかめた。

「う、熱いな。症状は？」

「言ったでしょ、火だよ！」

「火⁉　なんでここに連れてきたんだ、保健室を全焼させる気かい⁉」

「ごめん、他のところは間に合いそうになかったんだ！」

　佐伊《さい》さんは慣れた手付きで衣緒花《いおか》の両目を確認し、頬を押して口の中を覗《のぞ》いた。

「これは……なにか動物を見なかった？」

「見た！」

「なんの動物？」

「トカゲ、だと思う」

「大きさは？」

「えっと、これくらい！」

僕はシルエットを思い出しながら、人差し指と親指でサイズを示す。

「彼女は気づいていた？」

「わからない、多分見えてなかった」

「なにか吐き出したり、うわごとを言ったりは？」

「僕の見てるときにはしてない」

佐伊《さい》さんは腕を組んで、ぶつぶつとなにかを言いはじめた。

「トカゲに火か……サラマンダー……ならフェネクスの線はないね……視線という解釈なら序列51番か52番？　いや素直に考えて……でも有葉《あるは》くんにだけ……だとしたら……」

「どんどん熱くなってる！　どうにかしてよ！」

僕は焦《あせ》っていた。

ここに来れば、すぐに佐伊《さい》さんが解決してくれると思っていた。そう、思い込んでいた。

でも佐伊《さい》さんは考え込んでいて、衣緒花《いおか》の体温は、まるでストーブみたいだ。こんなはずじゃなかった。もしここで衣緒花《いおか》の体から火が出てしまったら、大変なことになる。

「……大丈夫です。じ、自分で、対処できます……」

しかし僕の声に応えたのは、佐伊《さい》さんではなかった。

なにをするのかと思い視線を注いでいると、彼女は震える手でスカートのポケットに手を入れる。取り出したのは、ミントタブレットのケースだった。

「あ、それ……」

衣緒花《いおか》は返事をすることなく、ザラザラと口の中にタブレットを流し込んだ。ガリガリ、という大きな咀嚼《そしゃく》音の後、喉が動く。蓋をしようとしてケースを取り落とし、白い錠剤が床に散らばった。

「これで、収まる、はず……！」

肩で息をする彼女を、しばし見守る。

しかし彼女の背負った空気は、ゆらめいたままだ。

「ど、どうして……どうして効かないの⁉」

「答えは簡単さ。症状が進行しているからだ。いやはや、自分で対処しようとするなんてね。生兵法というやつだよ」

佐伊《さい》さんは僕を押しのけ、衣緒花《いおか》の様子を窺う。

「……まずいな。時間がない。有葉《あるは》くん！　ちょっと手伝ってくれたまえ」

「え、な、なに言ってるの⁉」

「いいから指示通りに！　まずは彼女を押さえて！」

そのとき、急に空気が擦れるような音が響いた。

それが衣緒花《いおか》から発せられている唸《うな》り声だということに気づくまで、やや時間がかかった。

彼女の目が、金色に輝いている。きれいな鼻筋には皺《しわ》が寄り、噛《か》み締《し》めた犬歯が、薄い唇の間から覗《のぞ》いている。

それを見れば、僕でもわかった。

支配が強まっている。

「ごめん、衣緒花《いおか》！　我慢して！」

暴れ出す寸前、僕は後ろから彼女を羽交い締めにした。バタバタと動かされる足の重さに振り回されそうになりながらも、なんとか彼女の体をその場に留《とど》める。密着する体に、服越しに伝わってくる、熱。

「ねぇ！　これどうすればいいの⁉」

「もうちょっと持ちこたえて！」

佐伊《さい》さんは振り向かずそう答える。なにをしているかと思えば、机の引き出しをガサガサと探っている。

引《ひ》っ掻《か》き回《まわ》すたびにあふれているのは、お菓子、だった。

「飴《あめ》、じゃないほうがいいんだ。もっとすぐ食べられるものじゃないと……クッキー、は粉っぽいし……ああもう、誰だいこんなに散らかしているのは！」

どう考えても本人の責任だが、今はそんなことを言っている場合ではなかった。

僕はなにも知らない。

なにもできない。

暴れる衣緒花《いおか》の熱い体を押さえる腕に、ぎゅっと力を込める。

早く。

早くなんとかしてくれ。

「あった、これだ！」

ようやく探していたものを見つけた佐伊《さい》さんの手に握られていたのは、すべてを解決する魔法のアイテム、ではなかった。

金の箔押《はくお》しで印刷された茶色の紙が巻かれている、四角い板。

見慣れたそのかたちは――

「ちょ、チョコレート!?」

僕の叫びを無視して、佐伊《さい》さんは包みを剝《む》こうとするが、うまくいかない。

「ええい、チェストぉっ！」

しびれを切らして膝で真っ二つにチョコレートを折ると、包みをビリビリと引きちぎって、中身を僕のほうに投げた。

「それを食べさせて！」

「うわっ、と」

両手を伸ばす。が、キャッチしそこねる。手の上を何度かバウンドした、そのとき。

自由になった衣緒花《いおか》が、襲いかかってきた。

さっきとは比べ物にならない速度で、僕は床に体を打ちつける。

それは、本物の獣の動きだった。

襲いかかる衣緒花《いおか》の手が、僕の首に伸びる。熱はすぐに皮膚を伝わり、肉に届く。アイロンに触れているみたいだ。

「はやく！　口に捩《ね》じ込むんだ！」

「かんたんに言うよね！」

衣緒花《いおか》の肩口には、すでにチラチラと炎が見えはじめていた。

彼女の手はすさまじい力で、僕の首を締めている。

血が脳に行かないせいで、意識が朦朧《もうろう》としてくる。

空気が彼女の喉を震わせた、その瞬間。

ぼやけた視界が、開いた口を捉える。

「た……食べて！」

すかさずチョコレートを押し込む。咳《せ》き込み吐き出そうとするその口を、僕は手で塞いだ。

「いいよ、そのまま飲み込ませて！」

「そんなこと言ったって……」

衣緒花《いおか》の喉が苦しそうに動く。熱い。もう触っていられない。彼女はまだ暴れている。僕の手はすぐに払いのけられる。チョコレートはまだ口の中にある。でも飲み込んでいない。このままじゃ吐き出してしまう。

どうしよう。

考える時間はなかった。

僕はとっさに、彼女を抱き寄せた。

両腕で彼女の頭を抱きかかえるようにして、自分の胸に押さえつける。服越しに伝わる吐息はまるでヘアドライヤーだ。衣緒花《いおか》は離れようと僕の体を手で押すが、この体勢ならいくらなんでも僕のほうが力が強い。僕は夢中で彼女を抱き込んだ。

「熱い！　もういいでしょ!?」

「ダメだ、耐えて！」

「もう無理ぃぃぃぃ！」

「まだだ！」

佐伊《さい》さんの指示を守るべく、必死で彼女を抱きしめる。

やがて、ごく、ごくんと衣緒花《いおか》の喉が動く感触が、胸に伝わってきた。

「飲み込んだ……⁉」

それをきっかけに、少しずつ抵抗の力が弱まっていく。コンロから下ろしたフライパンみたいに、熱が空気に逃げていくのがわかった。

やがて衣緒花《いおか》の体から、だらりと力が抜けて。

横たわった僕の胸の上に、目を閉じた彼女の顔が載っていた。

さっきまでが嘘《うそ》のように、穏やかな表情をしている。

薄い唇の隙間が、すう、と一度大きく息を吸うと。

その後は、ゆっくりとした、静かな呼吸が続いた。

「よし、よし。これで大丈夫だろう」

「こ、怖かった……」

僕は脱力する。全身が痛かったことに、はじめて気づく。倒れたときに打った頭と背中。引っかかれた腕と手。首と掌《てのひら》がヒリヒリするのは、たぶん火傷《やけど》だろう。

「さて、ちょっと手伝ってくれるかな？」

そう言われて軋《きし》む体をなんとか起こし、衣緒花《いおか》を抱き留めながら立ち上がる。佐伊《さい》さんと協力して彼女をベッドに寝かせると、ふう、と重い息が漏れた。

「いやー、お疲れ様。よくやったよ」

「よくやったよ、じゃないでしょうが！　死ぬかと思ったよ！」

「まあまあ、うまくいっただろ？　保健室は全焼を免《まぬが》れた。君も燃え殻にならなかった。万々歳じゃないか」

「やっぱりそうなる可能性、割とあったよね……」

額に滲《にじ》んだ汗を拭う。薄々知ってはいたが、そう言葉にされると背筋が寒くなるものがある。

しかし全力を尽くして火照《ほて》った体には、その寒気さえ心地よかった。

僕はベッドに横たわる衣緒花《いおか》の姿を見下ろす。

さっきまでの暴れぶりが嘘《うそ》のように、穏やかな顔をしている。

長い睫毛《まつげ》が、白い肌に影を落とす。緩められた眉が描く美しい弧は、弦を外した弓を思わせる。

彼女のきつい印象は大部分が表情によるものなのだと、僕は気づく。

こうして眠っていると、まるで名工が作り上げた人形のようだ。

僕は心の底から安堵《あんど》する。

ここに来るまで、なにかがひとつでもズレていたら、佐伊《さい》さんの言うようなことになっていたかもしれない。

僕は大きく息を吸った。自分が、そして衣緒花《いおか》が、生きていることを確かめるように。

けれど、問題はまだ、なにひとつ解決していない。

「本番はこれから、だよね」

「まあね。これはその場しのぎにすぎない。単なる応急処置、対症療法、あるいは緊急避難。燃え殻ではなく消し炭だ。すなわち、これからが――」

佐《さ》伊《い》さんは白衣のポケットに手を突っ込んで、にやりと不敵に笑った。

「――本当の悪魔祓いだ」

第2章 エクソシストはまた明日

AOHAL DEVIL

やがて衣緒花《いおか》が目を覚ましたのは、かなりの時間が経《た》ってからだった。

僕はベッドに横になった彼女を、小さなスツールに腰掛けて、じっと見守っていた。

目を閉じて眠るその姿に、どうしても視線が吸い寄せられてしまう。けれど、見ているとなんだか背筋を奇妙な感覚が這《は》い上《あ》がって、目を逸《そ》らしたくなる。

僕は彼女が目覚めるまで、ほとんどずっとそれを繰り返していたのだった。

「私……」

目覚めた衣緒花《いおか》は体を起こすと、あたりを見回す。

「よかった、気がついて。えっと、君は炎が出そうになって……」

しかし説明しようとする僕を、彼女は手のひらで制す。

「ちゃんと覚えてますから。あなたに無理やり触られたことも、全部」

「それを言うなら、僕だって押し倒されたし」

「お、押し倒してません！　もとはと言えば、あなたが余計なことを言うから……」

反論しながら、神経質そうに髪を整える。するとなにかに気づいたようで、彼女の顔から急に血の気が引いた。

「あ、あれ、ない」

慌ててあたりを見回す彼女を見て、僕はポケットに手を伸ばす。

「これだよね」

星を象《かたど》った、彼女の髪飾り。

さっき床にあったのを見つけて拾っておいたものだ。おそらくは、暴れたときに落ちたのだろう。

「よかった……」

彼女はその髪飾りが無事だとわかると、見るからにホッとした。ミントタブレットのときとはずいぶん違う。受け取ったそれを髪に留めると、もじもじと指先をこすり合わせる。

「あの、ええと、ですね」

「なに？」

「あ、ありがとうございました……」

僕は顔を真っ赤にした彼女を見て、笑ってしまった。まるで顔から火が出そうだったから。

「うんうん、保健室のベッドで語らう少年少女、青春だねぇ。心身ともに健康に成長していれば、異性、いやいや同性でも構わないけれど、興味を持つのも自然なことだ。ああ、でも欲望のままじゃなく、しっかりと知識を持って、お互いの意志を尊重し同意をもってだね」

気がついたら隣に立っていた佐伊《さい》さんが、したり顔でとんでもないことを言い出している。

「保健の先生にあるまじきデリカシーのなさだ……」

「あの……斉藤《さいとう》先生」

呆《あき》れる僕を無視して、衣緒花《いおか》は佐伊《さい》さんに話しかける。

「佐伊《さい》でいいよ。なんでもお茶の子さいさい、美人で有能な佐伊《さい》さんと覚えてくれたまえ」

「毎回それ言うのかっこ悪いよ」

「ええ、そうかい？　覚えやすいだろ？　弟くんに言われると傷つくなぁ」

「ちょっと！」

僕は抗議の声をあげる。その呼び方は、衣緒花《いおか》の前ではしてほしくなかった。

「弟……？　おふたりは、ご姉弟《きょうだい》、なんですか？」

僕は戸惑う衣緒花《いおか》に、嫌々ながら説明する。

「佐伊《さい》さんは、姉さんの友達なんだ」

「そういうこと。有葉《あるは》くんのお姉さん——在原夜見子《ありはらよみこ》とは長い付き合いでね。ベストフレンド、ソウルメイト、いわゆる大親友というやつさ。大学のゼミも一緒だったんだ」

「はあ……」

「養護教諭になって、赴任先がたまたま弟くんの学校だったのは驚きだったけどね。ほら、姉の友達がこんな美人でしかも保健の先生だなんて、男子高校生には刺激が強すぎるだろ？」

「姉さんは友達を見る目だけはなかったと思う」

やたらと干渉してくるのには参ってはいるものの、それが面倒見の良さだということも、本当はよく知っている。いろいろあって、佐伊《さい》さんには相当にお世話になっている。ゆえに頭が上がらないのが、また悔しいところなのであるが。

「プライベートなことなのに、失礼しました」

再び杓子定規《しゃくしじょうぎ》に、衣緒花《いおか》は謝罪した。どう考えても悪いのは彼女ではないけれど、僕がそう口にする前に、佐伊《さい》さんは衣緒花《いおか》の肩にそっと手を置いた。

「まあリラックスしなよ、衣緒花《いおか》くん。そうかしこまることはないさ。君は外では社会人かもしれないが、ここでは保健室に来たひとりの生徒だ。しかも、悩みを抱えた、ね」

一瞬、ほんの少しだけ、衣緒花《いおか》の目が見開かれる。まるで占い師に過去を言い当てられたときのように。

それから彼女は少し考えると、きっと佐伊《さい》さんを見据えて、こう聞いた。

「佐伊《さい》先生。私になにが起きているのか、ご存じなんですよね？」

「知っているとも言えるし、知らないとも言える。問いはいつだって君の中にあるのさ。むろん、答えもね」

「はぐらかさないでください！」

佐伊《さい》さんは愉快そうに笑みを浮かべると、憤慨する衣緒花《いおか》に人差し指を突きつけ、宣言した。

「では、結論から言おう。衣緒花《いおか》くん、君は悪魔に憑かれている」

衣緒花《いおか》は切れ長の目を何度か瞬《また》かせると、聞き返した。

「あく……今、なんて」

「聞き間違いじゃない。悪魔さ。体から炎をあげる君の症状、間違いなく悪魔の仕業だ」

衣緒花《いおか》はしばらく黙っていたが、なにも言わないままかけられていたブランケットをはねると、靴を履いて立ち上がった。

「おっと衣緒花《いおか》くん、どこに行く気だい」

「失望しました。そんな与太話、付き合う気はありません」

「ふぅん、与太話ね。また症状が出たらどうするつもり？」

「自分で対処できます。これまでもそうしてきましたから」

「まあ、信じないなら別にいいよ。余計な仕事が減って、私も助かるし。じゃあね」

おそらくは引き止められると思っていたのだろう、衣緒花《いおか》はわずかに意外な表情を見せたが、そのまま僕たちに背中を向けた。

「そういえば、あのミントタブレットだけど——」

佐伊《さい》さんは、眼鏡を白衣の端で拭きながら、わざとらしく声をあげる。

「——次は効くといいね？」

衣緒花《いおか》の細い背中が、動きを止めた。

そしてゆっくりと振り向く。

それを見て、佐伊《さい》さんはいやらしい笑みを浮かべた。

「そうだ。悪魔かどうかは問題じゃない。君にとって重要なのは、私が対処方法を知っているということだ。そうだろう？　衣緒花《いおか》くん」

「……佐伊《さい》先生。あなたは、いったい、何者なんですか？」

衣緒花《いおか》の疑問に、佐伊《さい》さんは眼鏡を直して待ってましたという顔をする。

「よくぞ聞いてくれた。養護教諭は趣味と実益を兼ねた仮の姿。私は大学で悪魔を専門に研究していてね。城北大学《じようほくだいがく》大学院総合文化研究科超域文化科学専攻文化人類学コース概念現象心理学ゼミ通称悪魔ゼミ所属の悪魔祓《はら》いの研究者。言わば――」

息を大きく吸い、それから改めて続ける。

「――エクソシストさ」

「息、やっぱり最後まで持たなかったね」

「長すぎるんだよこの肩書き」

佐伊《さい》さんは肩をすくめて呼吸を整える。

「エクソシスト、って、その……聞いたことはありますけど……」

戸惑う衣緒花《いおか》を見て、佐伊《さい》さんは唇の端を歪《ゆが》める。

「おや、映画を見たことある？　あのブリッジして階段降りたり緑のゲロ吐いたりするやつ。まあ、現実の悪魔祓《はら》いはあんなんじゃないんだけどね」

しばらく考えてから、衣緒花《いおか》は引き返し、再びベッドに座った。

「話は聞きます。でも……まだ信じたわけじゃありませんから」

それを聞いて、佐伊《さい》さんの目がきゅっと細められる。

「いい子だ。さて、どこから話したものかな」

佐伊《さい》さんは、後ろにあった大きなホワイトボードを消して綺麗《きれい》にすると、図を描きながら説明した。

「悪魔は常に人類と共にあり、力を貸してきた。彼らはなんらかの代償と引き換えに、その願いを叶《かな》えるんだ。人類の歴史をゆるがす幾つもの事件の裏側で悪魔が関与していたことは、我々研究者の間では確実視されている。とはいえ、悪魔は天と星を導く第五元素エーテルによって構成されるゆえに、ほとんどは極めて複雑な儀式を経てしか召喚され受肉し得ない。だから普通に生きている限りはまずお目にかかることはない」

「そ、そうなの？　なら、衣緒花《いおか》は？」

良《い》い質問だ、と言わんばかりに、佐伊《さい》さんはマーカーで僕を指す。

「ほとんど、と言ったろ？　ところが中には、自然発生的に憑いてしまうこともあるわけだね。いわゆるポゼッション——悪魔憑《つ》きというやつさ。この場合、悪魔は肉体を媒介としてその人の強い願いに反応し、それを四大元素として実体化させる——いわば勝手に叶えてしまうんだ。不思議なことに、現代日本ではこうした事例はほぼ10代の少年少女に限定される。なかなか興味深いだろ？　まあ考えようによっては、こうも言えるかもしれないね——」

佐伊《さい》さんは言葉を切って、にやりと笑った。

「——悪魔を惹《ひ》きつけるのは、願いを抱えた君たちの、青春なのさ」

「青春……」

僕と衣緒花《いおか》は顔を見合わせる。

「そう。こうありたいという願いに身を焦がす。届かない天の星に手を伸ばすようにね。いやあ、まさに青春じゃないか」

佐伊《さい》さんはデスクの引き出しを漁《あさ》って棒付きキャンディーを取り出すと、プラスチックの包みを雑に破いて口にくわえた。

単純であっても、それが想像もしなかったものであれば、理解には時間がかかるものだ。紙に水彩絵具《えのぐ》がにじむように、告げられた事実は、じんわりと僕たちのなかに染《し》みをつくる。やがてそれがはっきりとしたかたちを帯びたころ、衣緒花《いおか》は、鋭く言い返す。

「私、燃えたいなんて思ってません！」

その切実な叫びに、佐伊《さい》さんは唇の端を上げて肩をすくめた。

「そりゃそうさ。自覚している願いなら、悪魔が叶《かな》えるまでもない。奴《やつ》らが叶《かな》えるのは、本人も気づいていない、それゆえに切実な願いなんだ」

「そんなの、どうしろっていうんですか！」

佐伊《さい》さんはにやりと笑った。

「さて、どうすればいいと思う？」

僕は考える。

悪魔は願いを叶《かな》えている。だとしたら。

「……自分たちで願いを叶《かな》えちゃえばいいってこと？」

佐伊《さい》さんは、今度はキャンディーを僕に向けた。

「正解。願いを突き止め、自分の手で叶えてしまうこと。叶《かな》える願いがなければ、悪魔も大人しくせざるを得ないからね。簡単なことさ」

言われていること自体は、確かに複雑ではない。

問題は、その願いを突き止める方法が、あまりに曖昧すぎることだ。

「ならどうして、どうしてミントタブレットで収まったんですか？　私……気持ちが落ち着けばいいんだと思って……それで……」

「お腹《なか》が空いたらなにか食べたい。人間の基本的な欲望だ。そういうのを一時的に満たすことで、悪魔に願いを叶えたと錯覚させることができるわけだね。ミントタブレットの場合は清涼感による気持ちよさ、ということになるのかな。理屈としてはすぐ血糖値が上がるほうがいい

佐伊

から、チョコレートのほうが効いたわけ。でも、それはあくまで対症療法にすぎない。放っておけば、悪魔はどんどん君の願いを叶《かな》え、力を増していく」

「そんな！」

「実際、以前効いてたのが、今は効かなかったろ？　進行、し、て、るんだよ」

唇を噛《か》んで、衣緒花《いおか》は黙り込む。

「でも、君はラッキーだった。なんといっても、青少年専門のエクソシストである私がついているんだ。大船に、いやいやズムウォルト級に乗り込んだつもりで任せてくれたまえ」

立ち上がった佐伊《さい》さんが自分の胸をぽんぽんと叩《たた》いたところで、聞き慣れたチャイムが鳴り響いた。

「おっと、時間か。さて、話は以上だ。今日はもう営業時間終了。また明日来てくれたまえ」

「待ってください、まだ私……」

しかし衣緒花《いおか》を無視して、佐伊《さい》さんは僕をじっと見つめる。

「そうそう、有葉《あるは》くんも一緒に来るようにね」

「なんで僕が」

「おや、か弱い保健の先生に、悪魔なんて恐ろしいものを相手にさせるのかい？」

「さっきと言ってることが違わない？」

「これはね、有葉《あるは》くん。君がやら、な、け、れ、ば、な、ら、な、い、こ、となんだ」

その言葉に、僕は頭を殴られたような衝撃を受ける。

一瞬で、過去の記憶がフラッシュバックする。

僕はかつて、同じように、ある人を見送った。

〈私には、やらなければならないことがあるの〉

それがどんな意味を持っていたのか、僕にはわからない。

ただ確かなのは、その人が、それきり戻ってこなかったことだ。

二度と。

そのことを思い出すと、言いしれぬ気持ちが体の奥から湧いてきて、僕を飲み込む。

「ま、そういうわけだ。がんばりたまえよ、弟くん」

そう言って、佐伊《さい》さんは僕にウィンクした。

なにがなにやらわからない。

というか。

この人は、なにを企《たくら》んでいるんだ？

「ほらほら、いいから出てった出てった！　もう閉店！　蛍の光、窓の雪！」

「えっ、ちょっと、佐伊《さい》さん、待ってよ！」

右も左もわからないまま投げ出されてたまるかと多少は抵抗したのだが、結局僕も衣緒花《いおか》も、本当に保健室の外に追い出されてしまった。

僕たちのあいだに、なんとも居心地の悪い空気が流れる。

肩を落として俯《うつむ》く彼女は、これまで見たどんな表情とも違っていた。

スマートフォンの画面に映った完璧な姿は消《き》え失《う》せて。

高圧的に黙っていることを強いてきたときの自信は見る影もなく。

なんというか、頼りなげで、儚《はかな》げで。

胸が締め付けられるような感覚を覚える。

それを見て、守ってあげたくなる――なんていうほど、僕は傲慢ではないつもりだった。

「じゃ、そういうことで」

「待ってください」

立ち去ろうとした僕の腕を、衣緒花《いおか》ががっちりと摑《つか》んでいる。

「なに？」

「明日、一緒に来てくれますよね？」

「いや、僕はなにも知らないんだ。悪魔のことは、姉さんと佐伊《さい》さんから聞いてたから、そうじゃないかなって思っただけで……」

「でも、佐伊《さい》先生は、あなたも来るようにって言っていました。なら関係あるでしょう」

彼女は言い訳をする僕を、じっと見つめている。

佐伊《さい》さんがなにを企《たくら》んでいるのかは知らないが、正直、僕がいたところでなにかができるわけではない。

だとしても。

乗りかかった船だ。さすがにこのままというわけには、いかないよな。

僕はため息をついて答える。

「……わかったよ。明日の放課後ね」

「わかればいいんです、わかれば」

「いちいち上からだな……」

「立場に適した振る舞いです。上品と言っていただきたいですね？」

「謙虚なほうが上品では」

「とにかく！　逃げないで来てくださいね！　また明日！」

さっきまでの不安げな様子はどこへやら、さっそうと力強い足取りで去っていく彼女の背中を、僕は呆然と見守る。

また明日、という言葉の響きが、いつまでも頭の中に跳ね返っていた。

第3章　寿司のちチョコミントアイスクリーム

「あら、聞いてない？　斉藤《さいとう》先生はしばらくお休みですって」

「はあああ!?」

「えええええ!?」

翌日、保健室を訪れた僕と衣緒花《いおか》は、揃《そろ》って悲鳴をあげていた。

衣緒花《いおか》の顔を見ると、口元に両手を当てながら、僕の様子を窺っている。その目が、いったいどうするんですか、と訴えていたので、いったいどうしようね、と目で返事をする。

「そういうわけで、私は代理。羨ましいわよね、長期の海外旅行ですって」

代理はおっとりした雰囲気の年配の先生で、優しく微笑《ほほえ》んでいる。当然、僕らの事情など知る由《よし》もない。

僕たちはそれ以上なにも言わず保健室をあとにすると、急いで佐伊《さい》さんに通話を開いた。

「はいはいー、私があなたの保健室、親愛なるエクソシスト、斉藤佐伊《さいとうさい》でーす」

スマートフォンのスピーカーから、聞き慣れた声が響く。向こうはカメラをオンにしたようで、どの面下げて——いやいつもの顔で、佐伊《さい》さんが手を振っている。

「その保健室にいないからかけてるんだけど！」

「今言ったろ？　私がいるところが保健室なのさ」

「どういう理屈さ……」

「理屈は大事だよ。なにせ悪魔というのは概念だからね」

いったいどこにいるのだろうと、佐伊《さい》さんの背景に目をこらす。

明るい木張りの内装に、なにやら魚の名前が書かれた板が下がっている。

「どう見ても寿司《すし》屋だよねそこ」

「ていうか、言ってなかったっけ？　これからイギリスだよ、イギリス」

「イギリスのイの字も聞いてない！　というか、今日来いって言ってたじゃないか」

「んー、そうだっけ？　いやオックスフォードで悪魔関係の新しい史料が出てさあ、大英博物館の研究チームに呼んでもらってね。そろそろ論文書かないとやばいしちょうどよかったよ。そういうわけでいま成田《なりた》空港《くうこう》で回ってないお寿司《すし》食べてる。あー、玉子おいし」

「やってること大人なのに味覚は子供だ……。というか論文とか本当に書いてるんだ」

「付き合い長いのに失礼だね弟くんは」

「失礼もなにも、衣緒花《いおか》はどうするのさ！」

「いやあ、それなんだけどね。私も研究者として考えたわけだよ。今回のケース、いったいどうするのがベストかってね。私の天才的頭脳が導き出した結論はこうだ――」

佐伊《さい》さんは長い指でエビの尻尾を外しながら、こう言った。

「この件、有葉《あるは》くんが適任だ」

「適任って、まさか……」

「まさかもなにも、君が祓《はら》うんだよ。弟くん」

「なに言ってるの！　無理に決まってるでしょ！」

「言ったろ、とにかく衣緒花《いおか》くんの願いを突き止め、それを叶《かな》えてしまえばいいんだ。なあに、君ならできる――いや、むしろ君じゃないとダメなんだ」

「ぜんぜん意味がわからない！」

「お寿司《すし》食べたら手荷物検査行かなきゃならないからね。手短に言うよ」

僕の反応なんてお構いなしに、佐伊《さい》さんは画面の中で、三本の指を立てる。

「君にみっつの智慧《ちえ》を授けよう。エクソシストの基本にしてすべてだ」

僕はその言葉を、聞くしかなかった。

「ひとつ――悪魔は概念だ。だから一度あがった炎は物理的な手段では消火できない。原因となっている願いにアプローチするしかないからね。早期の対応と予防が肝心。いいね？」

「……多分」

「よろしい。ではもうひとつ――悪魔は炎によって願いを叶《かな》えようとしている。炎と衣緒花《いおか》くんの願いには、概念的な結びつきがあるはずだ。それを見つけること」

「そんなのわかるわけないよ」

「ま、よく考えることさ。そして最後のひとつ。これが一番肝心なんだけど——概念であるからには悪魔は論理的に振る舞う。解を出すときは、ちゃんと全部の条件を満たすんだよ」

「ちょっと待って、どういうこと？」

戸惑う僕の顔を見て、佐伊《さい》さんはふっと笑った。

「なに、大丈夫さ。君はあの、夜見子《よみこ》の弟なんだからね。それじゃ、頼んだよ！」

そして彼女は、スマートフォンのディスプレイから姿を消した。

「切れましたね……」

衣緒花《いおか》が不安そうな、いや、もはや若干気の毒そうな目で僕を見ている。

「ああもう、こんな風に放り出すなんて！　鬼！　悪魔！　保健教師！」

そう当たり散らしてみるが、スマートフォンは黒い画面のまま、なにも返さない。

「どう、しましょうか……」

「ううん……」

もう一度、僕たちは顔を見合わせる。

当てが外れた、というのが、正直な気持ちだった。

佐伊《さい》さんのところに連れてさえ行けば、なんとかしてくれると思っていたから。

「ま、まあ、佐伊《さい》さんもそのうち帰ってくるよ」

「そのうちって、いつですか？」

「えっと、一週間後とか、一ヶ月後、とか……」

「それじゃダメなんです！」

急に衣緒花《いおか》が叫んで、僕はその場で思わずびくりと跳ねた。

詰め寄る彼女は血の気が薄く、白い肌はなおさら白く見える。

「ダメ、って、どうして？」

「とにかくダメなんです。すぐに、できるだけ早く、炎をどうにかしないと」

理由は語られないままだったが、思いつめた表情は切実さを物語るに十分だった。

僕みたいな素人《しろうと》が、できもしないことに手を出すべきではない。一方で、このまま乗りかかった船を沈むに任せるのも、さすがに気が咎《とが》める。

果たしてどっちが無責任だろうか、と考えて、僕は結論を出した。

「……わかったよ。佐伊《さい》さんが行っちゃったってことは、僕でも祓《はら》えるってことでしょ。願いを突き止めればいいんだし。うん。大丈夫だよ。きっとなんとかなる」

誤魔化すように、取り繕うように、強がってみる。

それでも衣緒花《いおか》の強張った表情はゆるやかに解けていき、やがて微笑みを零す。

「はい。よろしくお願いします」

今までとは違うその素直な表情に、僕は自分の体温が上がってしまう気さえした。

「……作戦会議をしよう」

「作戦会議？」

「いろいろ相談しないといけないでしょ。学校では話しにくいから、どこかで……たとえば土曜とか……日曜とか……その、衣緒花《いおか》の仕事のない日に……食事とかしながら……」

話しながら、途中で気がついたのだが。

これって、まるで。

「デートのお誘いですか？」

「違うよ！」

「よかった。うんと言ったら投げ飛ばしてました」

「クレームは物理以外の方法にしてほしい」

「人体破壊は生物分野なので問題ありません」

「僕にだって身体《しんたい》の自由はある」

「公民ですか？」

「どちらかというと道徳だよ」

「さあ、履修した記憶がありませんね？」

「そこだけ小学校からやり直してほしい」

「ともかく、打ち合わせの必要は理解しました。日時は追って連絡します。以上、解散です」

さっきまでの素直さはどこへやら。再び高圧的にそう命令すると、彼女は背を向け歩み去る。

ただ歩いているだけなのに、その後ろ姿は王者の貫禄である。

まったく、とんだジュラシック・パークに巻き込まれてしまったものだ。

とにかく、与えられた任務を遂行しよう。

僕が考えるべきなのは、それだけだ。

■

「私、待ちました」

待ち合わせ場所に立つ彼女は、腰に手を当て、堂々と僕を指差した。

僕たちの住む逆巻市《さかまきし》は、川と海の港湾都市だ。

校歌にも歌われる逆巻川《さかまき》が街の北西に流れており、ほど近くには大きなショッピングモールと融合した逆巻駅《さかまき》がある。そこにある記念碑の前で、僕たちは待ち合わせていた。

この碑《いしぶみ》は昔の歌手を記念したものらしく、その人の写真と歌詞が載せられている。いつか衣《い》緒花《おか》もこんなふうに記念碑にでもなるのだろうかと、ぼんやりと思った。

「いや、待ったと言われても……」

「私はモデルなんです。モデルは忙しいんです。ご存じでしょう？」

「ご存じじゃないし、だいたい集合時間の30分前だよ」

「そういうことじゃありません。考えてみてください、今あなたを待っている時間で、なにができたと思います？」

「えー、ゲームのログインボーナス取得？」

「ひょっとして暇なんですか……？」

「悪魔祓《はら》いに付き合う程度にはね」

呆《あき》れ返《かえ》る彼女に、僕は肩をすくめる。

恐ろしいことに、こんな態度でも、彼女は息を呑《の》むほどに洗練されている。

肩が出た真っ白な……ワンピース、というのだろうか。真っ直《ま》ぐ《す》に切られた首元には、レースが縫い付けられている。裾は斜めになっていて、一風変わったシルエットを描きながら、プロポーションのよさを強調する。じっと見ていると、生地と同じ白い糸で、雪の模様が刺繍《ししゅう》されていることに気づく。足元は赤いスニーカー。どこにでもありそうなものなのに、赤と白のコントラストがオシャレに見えるのが不思議だった。輪になった小さなイヤリングが、目を離してもまだ、視界の隅に揺れている気がした。

そしてそんな印象的な諸々をまとってなお、主役は衣緒花《いおか》だった。まるで服の美しさすべてを吸い上げ、自分のものにしているように。

「そんなことはどうでもいいんです。早く行きましょう」

「自分で文句言っといてよく言うよな……」

そんな僕の感想など意に介する様子もなく、彼女は歩き出す。

コンクリートの歩道が足の形に凹みそうな力強い足取りを追って、僕は野生の動物を調べる学者になった気持ちで、彼女に続いた。

「ええと、どこに行くんだっけ？」

「よく行くカフェがあるんです。そこなら落ち着いて話せると思います」

よく行くカフェ、という響きの新鮮さに、僕はなんだか不思議な気持ちになる。衣緒花《いおか》は僕とは別の世界に生きているのだろう。たとえ、同じ学校に通い、同じ街に住んでいても。

「それで、進展はありましたか？」

しかし風船のように落ち着かない気持ちの紐《ひも》は、衣緒花《いおか》にしっかりと握られている。

「一応いろいろ調べてはみたんだけど……」

僕は歩きながら、スマートフォンを振った。

エクソシストを拝命してしまったからには、悪魔についてなにも知らないというわけにもいかないだろう。僕にはこの文明の利器がある。検索をかけるだけでも、悪魔について書かれた情報は、たくさん見つけることができた。

だいたいの記述は似通っていて、隠された真実を教えてくれたり、敵を滅ぼしたり、あるいは好みの異性の姿に変身して欲望を叶《かな》えてくれる、というようなことが書かれていた。だいたいは、おどろおどろしい奇妙な姿の怪物の絵を添えて。衣緒花《いおか》に憑《つ》いているのも、こんな恐ろしいものなのだろうか。そう思うと、背筋が寒くなる思いだった。

しかし、どうにもヒントになりそうなものはなかった。

悪魔についていくら調べてみたところで、祓い方はどこにも書いていない。いや、書いてはあったのだけれど、聖書を読みあげるとか、十字架を押し付けるとか、とても効果がありそうなものではない。

概念的な結びつきを、見つけること。

もし、佐伊《さい》さんの言うやり方で行くとしたら。

「……もっと衣緒花《いおか》のことが知りたい、かな」

「いやらしい」

「勘弁してよ。僕だって好きで聞いてるわけじゃない」

「なんですって？　もっと興味を持ってください」

「右も左も行き止まりだ……」

僕がぼやくと、衣緒花《いおか》のすっきりと通った鼻筋の先が、つんと上に向く。

「まあ、どうにかしなければならないことは確かです。それで、なにが聞きたいんですか？」

さすがに彼女も協力する気はあるようで、僕はほんの少し安心する。衣緒花《いおか》の態度は、解決したいのかしたくないのかわからないところがある。

「うーん……そうだなあ」

僕は歩きながら考えてみる。

「いつから、その、火が出てるの？」

「確か、春夏ものの撮影あたりだったと思います。最初はスタイリストさんとコーディネートについて議論をしているときでした。体が熱くなって、朦朧《もうろう》として、その、火が……。ほんの少しの炎がライトボックスに燃え移って、大騒ぎになってしまいました。みんな、照明の熱だろうということで納得していたのですが……」

僕はその光景を想像してみる。体が炎をあげるなんて、実際に目の当《まあ》たりにしていなければ、多分信じられなかっただろうと思う。

「じゃ、悩みとかは？」

「悪魔の他はないです。私は完璧なので」

「いやさすがになにかあるでしょ。友達と喧嘩《けんか》したとか、親と――」

「友達なんていません」

意外だった。人気のあるモデルともなれば、いかにも充実した人間関係をエンジョイしていそうなものだけれど。

「意外そうな顔をしないでください」

「そんな顔してないよ」

「ならそれ、なんの顔なんです？」

「……ごめん、やっぱり意外だった」

まるで超能力者みたいな鋭さだ。いや、僕が顔に出やすいのか。

「友達がほしい、とかは、願いではないのかな」

「自分で選んだことです。それに、友達ごっこなどしている暇はありません。そんな時間があったら、服の勉強をします。今だって本当は……」

彼女の口の両端に力が入る。僕だって好きで彼女のことを根掘り葉掘り聞いているわけではないが、忙しい、というのは、僕をなじるための方便でもなさそうだった。

しかし、友達ごっこ、とは棘《とげ》のある言葉だ。

僕の考えを読み取ったのか、衣緒花《いおか》は罰が悪そうに続けた。

「……私に限ったことじゃありません。みんな火花を散らしています。厳しい世界ですから」

「火花、ね……」

その単語からは、やはり炎が連想される。もしかしたら、ライバル関係が原因なのだろうか。

「あの、すみません」

考え込んでいた僕は、急にかけられた声が、僕たちに――いや、衣緒花《いおか》に向けられたものだと気づくのに、時間がかかってしまった。

「はい、なんでしょう」

しかし衣緒花《いおか》は動じている様子もなく、即座に返事をする。

声をかけたのは、どうやら女性のようだった。小柄だが、服装からすると社会人のように見える。佐伊《さい》さんと同じくらいの年齢だろうか。

気づいたときには衣緒花《いおか》が足を止めていて、僕は振り向くかたちになった。わざわざ戻るのも変な感じだ。少し離れたところから、その様子を窺うことにする。

「あの……衣緒花《いおか》ちゃん、ですよね？」

「そうですよ」

彼女はにっこりと微笑《ほほえ》む。今まで見たどんな表情より、優しくあたたかかった。

「すごい！　いつも見てます！　えっ、実物めっちゃかわいい……おしゃれですね……」

「ありがとうございます。お姉さんも、素敵なブラウスですね」

「これ、春に買ったナラテルのやつで、衣緒花《いおか》ちゃんが雑誌で着てて……」

「とってもお似合いで羨ましいです」

「そ、そんな、あの、一緒に写真撮ってもらっていいですか？」

「もちろん」

そう言って衣緒花《いおか》はぐっと顔を寄せてポーズを取り、女性はスマートフォンを取り出して写真を撮った。どんな表情だったのかはわからない。けれど、きっと衣緒花《いおか》なら、完璧な笑みを作れるだろうなと思う。

「あっ、ありがとうございます！ これ、友達に自慢してもいいですか？ ＳＮＳとか……」

「自慢になるかはわかりませんが、よければどうぞ」

「いえ、家宝にします！」

女性はスマートフォンを見ながら本当に嬉《うれ》しそうに歩いていく。遠くまで行ったのを見計らって、僕は衣緒花《いおか》に近づいた。

「すみません、離れていただいて助かりました」

「いや、僕も面倒だったし。でも、びっくりしちゃった。本当に有名なんだ」

歩き出した衣緒花《いおか》の横に、僕は再び収まる。

「そんなことはありません。声をかけられるほうが稀《まれ》です」

彼女は鼻を鳴らして、自嘲するように笑った。

僕はなんとなくその様子が居心地悪くて、彼女を褒めてみる。

「完璧な対応で二度びっくりしたよ」

「当然です。稀《まれ》とはいえいつ声をかけられるかわかりませんし、どこから見られているかわかりませんから」

「ずいぶん年上の人にもファンがいるんだね」

「そうですね。珍しいとよく言われます。いいことだとは思っていますが……同年代の支持も、もう少し欲しいところですね」

衣緒花《いおか》はまるでプロデューサーかなにかのような言い方をする。なんとなく、わかるような気もした。衣緒花《いおか》は落ち着いていて、大人びている。写真や映像に映ればなおさらだ。その完璧さゆえに、やや近づきがたいところもあるのかもしれない。

「勘違いしないでください」

「なにが？」

「友達がいないからといって、私は孤独ではありません。こうして応援してくれる人もいますし、一緒に仕事をしてくれる人もいます。……まあ、副作用もありますが」

「副作用？　たとえば？」

「ストーカーとか」

僕は唖然《あぜん》とした。

「そんな大きい悩み最初に言ってよ！　聞いたじゃないちゃんと！」

「いえ、たいした悩みではないので」

「そんなわけないだろ」

「どこで聞きつけるのか、私が行く先で待ち伏せしていることがあるんです。背が高くて、いつも黒い大きなパーカーを着て、フードを被《かぶ》っていて、しかも黒いマスクをしていて、顔はわかりません。それだけです」

「そんな絵に描いたような怪しい格好、逆に変じゃない？」

「私もそう思いますけど、現にそうなので……」

その風貌に、なんとなく本で読んだ黒魔術師の姿を連想する。考えれば考えるほど、なんでも悪魔と関係がある気がしてきてしまう。

「そっか……怖いね」

「いえ、別に。要は私がそれほど人の心を動かすモデルだということです」

「ポジティブすぎる」

衣緒花《いおか》の場合、男の劣情を動かしても仕方がないような気がするが、それは黙っていた。

「それに、私、強いですから」

彼女が当たり前のようにそう言うので、僕は思わず真顔で忠告してしまう。

「心得があるのはわかるけど、体格のいい大人の男と正面からやりあうなんて危ないよ。見かけたら、すぐ逃げたほうがいい」

衣緒花《いおか》は応えなかった。代わりに立ち止まって、僕の顔を覗《のぞ》き込んだ。

イヤリングが、すぐ近くで揺れて。

彼女の眼差《まなざ》しが、僕を射貫く。

「ひょっとして、心配してます？」

「そりゃね。悪魔は怖いけど、人間だって怖いよ」

「ふーん……」

衣緒花《いおか》は視線を逸《そ》らさず、戸惑う僕をじっと見つめた。

しばらくそうした、その後で。

なにかに気づいたように、パッと振り向く。

「きゃっ、ストーカー！」

「どこ⁉」

「あ、あっちです！」

僕は彼女が指差した方に目をこらす。通りの向こう側にはたくさんの人が行き交っているが、それらしき姿は見つけられない。それでも怯《おび》える彼女を庇《かば》って、僕は前に出る。

細い手が僕の腕を摑《つか》んで、彼女は後ろに隠れた。

黒い影は見えない。どこだ。もし襲ってきたらどうしよう。勝てるだろうか。無理だろう。

とにかくここを離れないと。

僕は衣緒花《いおか》の手を取る。温度は大丈夫だ。トカゲもいない。炎はひとまず大丈夫そうだ。

「行こう！」

そのまま手を引いて、走り出そうとする。

いや、走り出そうとした。

彼女は、なぜかその場から、動こうとしなかった。

振り向くと、衣緒花《いおか》が唇の端を歪《ゆが》めながら、僕を見ていた。

「……ひょっとして」

「はい。嘘《うそ》です」

「勘弁してよ……」

全身から力が抜けて、僕は彼女の手を離す。

「私、演技もなかなかでしょう？」

「この流れで褒めるわけないでしょ！」

「でもストーカーに困っているのは本当ですよ」

「困ってないってさっき言ってたじゃないか」

「あともうひとつ、本当だったことがあります」

「なにさ？」

つい不機嫌な声で僕は答える。

「有葉《あるは》くんが、私を心配してくれていること」

嘘《うそ》をついて確かめることじゃない。さすがにそう怒ろうと思ったのだけれど。

そのいたずらっぽい笑顔を見てしまうと、言葉はぜんぶ胸につかえてしまうのだった。

衣緒花《いおか》は満足そうに頷《うなず》くと、パンと手を叩《たた》いた。

「決めました。予定を変更します」

そして今までとは逆の方向に歩きはじめる。

「え、ちょ、ちょっと、どこに行くの？」

振り向いた彼女の髪が、風になびいて。

「教えてあげます。私のこと」

■

衣緒花《いおか》が僕を連れて行ったのは、駅ビルに入った、ある服屋さんだった。

巨大なショッピングモールには、無数に思えるほどのファッション関係の店が並んでいる。

彼女はそのひとつの前で立ち止まると、躊躇《ちゅうちょ》なく踏み入った。

「いらっしゃいませー……あ、なんだ衣緒花《いおか》ちゃんかー」

「ご無沙汰しています、カナメさん」

親しげに話しかける店員さんに対して、衣緒花《いおか》は折り目正しく一礼した。

ちょっと間延びした口調の店員さんは、前髪が片目を隠すくらい伸びていて、後ろは短めのヘアスタイルが印象的だった。おそらくはこの店の商品であろう服のコーディネートも個性的で、たいへんにオシャレな感じがする。さすが服屋の店員さんだ。

分厚いプラスチックでできた名札には、金子《かねこ》要《かなめ》、と書かれていた。

しかしさっきの対応といい、この態度といい、衣緒花《いおか》の外面のよさは折り紙付きのようだ。

「どしたの？　久しぶりじゃなーい」

「今日は友達を連れてきました。在原有葉《ありはらあるは》くんです」

「どうも」

僕はとりあえず会釈《えしゃく》をする。こういう状況は慣れていない。居心地が悪かった。

「友達⁉」

「そんなに驚くことないでしょう！」

「ごめーん。でもこんなのはじめてだから」

大袈裟《おおげさ》にのけぞってみせる要《かなめ》さんの反応に、僕は思わず笑いそうになる。どれだけ衣緒花《いおか》の外面がよくても、ごまかせないものはあるのだろう。あるいは、それくらい仲がいい店員さんなのかもしれない。

「で、そのお友達は、レディースしかないうちになにをしに来たのかなー？」

「ルックブック、まだあります？」

「あー、なるほどそういうことねー。春夏でしょ？　当然ございますよー」

要《かなめ》さんはニヤリと笑って奥に一度引っ込むと、分厚い本を持って戻ってきた。

表紙には、白いワンピースを着た女の子が微笑《ほほえ》んでいる。赤い唇が印象的だ。

「えーと、これは、カタログ？」

「そんなところです。まあ、見てみてください」

衣緒花《いおか》に促されるまま、ページを開いてみる。

そこには、表紙と同じ女の子がポーズを取っていた。

緑色だった背景は、実は森の中だったとわかる。いったいどこで撮ったのだろう、ありえないくらい深い緑をしたその葉は、妙に人工的だ。その真ん中には、ガラスでできた長い箱状のベンチが置いてあって、女の子はその上に立っていた。まるで征服者のように、堂々と。片手は貴族の優雅さでスカートの裾をつまみ、反対側の手には、リンゴのように赤いケースに入ったスマートフォンが握られていた。

そして、僕は気づく。

その白いワンピースに、生地と同じ色の、雪の刺繍《ししゅう》があることに。

「衣緒花《いおか》だ！」

どうして気づかなかったのだろう。その服は、いま彼女が着ているのとまったく同じだったし——表紙とカタログの最初を飾っていたのは、他ならぬ伊藤衣緒花《いとういおか》その人だったのだ。

「はい、私です」

彼女がこれ以上ないほど得意気に胸を張ると、要《かなめ》さんがそれをからかった。

「衣緒花《いおか》ちゃんめちゃくちゃ気持ちよさそー」

「き、気持ちよくなんかなってません！　有葉《あるは》くんが私のことを知りたいって言うから！」

「へぇ、君たちそういう感じなんだ？」

衣緒花《いおか》の態度を、要《かなめ》さんがからかう。やはり、顔なじみで親しいのだろう。

「いや、そういうんじゃないんで」

「有葉《あるは》くんはなんですぐに否定するんです⁉　まんざらでもなさそうな顔をしながらでも衣緒《いお》花《か》さんは高嶺《たかね》の花だから……というニュアンスを出してください！」

「そういう噂《うわさ》、ないほうがいいでしょ」

「それは……そうかもしれませんが……！」

「でも、雰囲気違うね。気づかなかった」

僕がそう述べると、彼女は不服そうな表情をくるりと変えた。

「そうでしょうそうでしょう。私の表現力に慄《おのの》いてください。ナラテルの春夏は〈白雪姫〉がコンセプトだったので高貴さを漂わせつつ素朴さと献身を感じさせる表情に、ワンピースのシルエットを美しく見せることはもちろんのこと刺繡《ししゅう》を印象づけるポーズを工夫してですね」

「な、なら、なに？」

衣緒花《いおか》の解説についていけず、僕は聞き返す。

すると店員さんが、上を指差した。

「あ……」

見上げると、レジの上には店名の看板。

板から切り出されたアルファベットは、こう書いてあった。

NARRATIVE《ナラティブ》 - TALE《テイル》。

「ナラティブ・テイル、略してナラテル。〈自分だけの物語〉をコンセプトに、一見カジュアルながらも、おとぎ話をモチーフにした遊び心あるディテールを組み合わせておりますー。現代のライフスタイルに合わせて、着る人みんなが主人公の物語を演出するブランドですー」

　店員さんはふざけた調子で、しかしすらすらとそう説明する。なんだか観光地を案内するガイドみたいだ。

「へぇ、すごいね」

「えー、そう？」

「そうなんです！」

　曖昧に感心した僕に、店員さんは気だるく、衣緒花《いおか》は力強く反応した。

「一見普通の服のようで実は着る人だけが知っているディテールと文脈が隠されているところがポイントでSNS映えするところから人気に火がついたんですけどそれだけじゃなくてこれを着ていると日常でありながら物語の世界を身につけられるっていうかやっぱりその世界観を作るチーフデザイナーの手塚照汰《てづかてるた》さんが天才でもう本当にコンセプト作りから服のパターンまで魔法使いっていうか」

　機関銃のように話しはじめる衣緒花《いおか》を見て、要《かなめ》さんはふふふと笑った。

「出た、いつものだ。推してくれてありがとね。店員的には伊藤衣緒花《いとういおか》に推されてるとなれば鼻が高いよー」

知らなかったな、と思った。

この街に住む人で、この駅ビルで買い物をしたことがない人は、おそらくいないだろう。僕もその例に漏れず、何度も何度もこの前を通り過ぎている。そのはずだ。

けれどそこに、こんな店があることなんて——いや、そこにあったのが、こんな店だったなんて、想像もしなかった。

「衣緒花《いおか》はここが好きなんだ」

「はい。とても」

子供のような笑顔で、彼女は笑う。

僕の住むこの街には、彼女の大好きな服を売るこの店があって、そしてそこには、彼女の写真がある。

僕はもう一度、そのカタログに目を落とす。

これは衣緒花《いおか》の作品だ。むろん、カメラマンとかスタイリストとかデザイナー、そのほか僕も知らないようなたくさんの人がかかわっているのだろう。でも、これは衣緒花《いおか》がそういう人たちと一緒に、ブランドの雰囲気を伝えるために、考え、そして、作り上げたのだ。

僕は今まで、モデルなんて単に顔やスタイルがいい人が適当に写真に撮られるものだと思っていた。でも違う。衣緒花《いおか》は、プロだ。これが彼女の仕事なのだ。

「みんな、衣緒花《いおか》みたいになりたいんだね」

僕は感心してそう言った――つもりだった。

「……そんなわけありません」

彼女の表情が、曇る。しかしそれは太陽にかかる一瞬の雲のようにすぐに流れて、もとの輝きを取り戻す。

「というか、私になれるわけがないでしょう」

「え、いやそれはそうかもしれないけど」

僕は予想外の反応に戸惑ってしまう。てっきり、当然です全人類私を模範にすべきです、とでも言い出すかと思ったのだが。

「なんていうの、目標っていうか、憧れっていうか……」

「なら聞きますけど、有葉《あるは》くんはなぜ服を着ているんですか？」

「えっ……裸で歩くわけにいかないから？」

「別に裸で歩いてはいけないという法律はないでしょう」

「いやあるよ割としっかり」

「その服をなぜ着ているのかが、大事だと言っているのです」

おそらくはきょとんとしていたであろう僕を見て、衣緒花《いおか》は続ける。

「なにを着たらいいか、なんて、自分にしか決められないことです。なりたい自分がなんなのか。それに尽きます」

「なりたい、自分……」

「私がするのは提案です。この服には、こういう着方がある。こういう美しさがある。伝えたいのはそれだけです。それを見て、いいなと思う人もいれば、そうじゃないなと思う人もいる。その判断は、その人自身の生き方ですから。なのになんですか有葉《あるは》くんは、モデルを参考にするのは他人の目線を気にした安直な猿真似《さるまね》だなどと――」

「言ってもいないことで責められている気がする」

「なんでもそうです。たくさんいろんなものを見て、いっぱい考えて、悩んで、自分でこれだと選ばないと意味がないんです。まったくくだらない。私に告白してくる馬鹿な男子と一緒です。私のことなんて、なにも知らないくせに……」

ぶつぶつと文句を言う彼女の尖《とが》った口はもはや僕のほうを向いていなくて、彼女の言葉の八割くらいは八つ当たりなのだと察する。

それでも、衣緒花《いおか》の言いたいことは理解できる気がする。

服には自分を変える力があると、彼女は信じている。服の善《よ》し悪《あ》しとは、その人が望む自分に近づけているかどうかでしか測れない。だからこそ、自ら選ぶことが大切なのだと。

だとしたら。

なりたい自分がない人間は、なにを着ればいいのだろう。

この店の服を買う人は、みんななりたい自分があるのだろうか？

圧倒されながら見回すと、ふと目に留まったものがあった。

今まで衣緒花《いおか》にばかり気を取られていたが、ひときわ目立つところに、かなりの大きさのパネルがあった。実寸大より大きいくらいだ。いわゆるメインのビジュアルというやつだと思う。

写真を見て、僕は息を呑《の》んだ。

そこにいたのは、魔女、だった。

日差しを遮るつばの広い帽子は頭の先が尖《とが》っていて、まるで魔女の三角帽のようだ。でも羽織ったシャツは透けていて、籠のようなバッグもどこか涼し気にみえる。暗い色ばかりなのに不思議と重苦しい感じがしないのは、多分そのせいだろう。片手には、衣緒花《いおか》と同じ赤いケースに入ったスマートフォンを持っている。

しかし印象的だったのは、服よりもモデルのほうだ。

スカートの裾から伸びた脚は驚くほど長い。金髪のくしゃくしゃしたショートボブと青い目はヨーロッパの血筋を感じさせるが、顔立ちはむしろ親しみやすい感じがする。

そしてなにより目を引いたのは、表情だ。

その瞳は遠くを見つめながら、小さく舌を出して、挑発するように微笑《ほほえ》んでいる。そんな顔をしているモデルを、僕は今まで見たことがなかった。ふざけているようでもあり、憂いを帯びているようでもあり、怒っているようでもあり、悲しんでいるようでもある。どうしようもなく惹《ひ》きつけられて、僕はその顔をじっと見つめた。その目線の先にいったいなにがあるのか、想像してしまう。

体が震えるような魅力。それはもはや、小悪魔というのではない。大魔女の貫禄《かんろく》だった。

「この人、すごいね。オーラがあるっていうか、なんていうか」

僕はその写真を見ながら、少ない語彙を展開する。

その瞬間、空気が少し、変わった気がした。

「……それは、ロズィです」

そう話しはじめる衣緒花《いおか》を見て、要《かなめ》さんが額に手を当てた。やれやれ、という感じに見えたのは、僕の気のせいだろうか。

「ロザモンド・ローランド・六郷《ろくごう》。本人も含めて、みんなロズィと呼んでいます」

それを聞いて、ようやくモデルの話をしていたのだと理解する。

「と……知り合い？」

友達なの、と聞こうとして、すんでのところで言い換える。さっきの話と今の雰囲気からすると、どうもそうではなさそうだ。

「事務所が同じ、というか、担当してもらっているマネージャーさんも同じで。よく知ってはいます。背が高くて、手足が長くて、個性があって……今、もっとも勢いがあるモデルのひとりです。中学二年生です」

「中学生なの⁉　これで⁉」

僕は改めて写真を観察する。どう見ても20代にしか見えない。衣緒花《いおか》も大人っぽいと思うが、それ以上だ。

「すごいな……」

思わず感嘆の声を漏らす。

「そ、ロズィはすごいんだよ。見る目あるね？」

僕と衣緒花《いおか》は、その声に同時に振り向く。

それが誰かは、すぐにわかった。

着ている服は全然違っていた。くしゃっとした髪の上に野球帽を逆に被《かぶ》って、タイトなタンクトップが胸を強調している。短い丈からのぞくへその先はだぼっとしたズボンに包まれていて、裸足《はだし》と見間違えそうな細いサンダルに繋《つな》がっている。吊《つ》り上《あ》がった太い眉は、気だるそうに端が垂れた目とコントラストを描いていた。

モデルとしては、あまりに飾らない姿。

けれどそれゆえに、その持って生まれた存在感が、強く響く。

さっきの彼女が魔女なら、今目の前にいるのは、獲物を見つめる獰猛《どうもう》なオオカミだった。

ロズィはつかつかと歩いて、衣緒花《いおか》を見下ろした。実物の身長は僕より高い。頭が小さいから、なおさら背が高く見える。

しかし、ものすごい威圧感を受けるのは、どうやら身長のせいだけではないようだった。

さっきまで素通りしていた通行人が、ひそひそと噂《うわさ》をしはじめるのがわかった。ロズィは目を引く。遠くからでも、そして、近くにいればなおさらその存在感は眩《まぶ》しく感じられる。

衣緒花《いおか》とロズィ。

トカゲの王と、オオカミのボス。

相容《あいい》れない存在がぶつかりあったとき起きることは、ひとつしかない。

「イオカ、最近見てなかったと思ったらこんなとこにいたんだ。なにしてんの？」

「なんでもいいでしょう。あなたには関係ありません」

「あ、ロズィに負けてるところ見に来たんだ？」

「私がいつあなたに負けたか教えてもらいたいものですね」

「えー、ロズィのパネルのほうが大きいし」

「私のルックブックのほうがたくさん刷られてます」

「ロズィ知ってるよ、そういうのリョウサンガタっていうんでしょ」

「誰が量産型ですか！　数が多いほうが強いんです！」

「は？　どうせイオカなんか、言われて立ってるだけのお人形さんじゃん！　そんなの誰でもできるし。ロズィのほうが特別だもん！」

僕はバチバチと散る火花から身を庇《かば》うように一歩下がった。さっきうっかり友達と言わなくてよかった。間違いなく巻き添えを食っていただろう。

「ね、カナメはどっちが勝ってると思う?」

「知らないよー。あたしは服が売れてくれればなんでもいいし」

「じゃ、そっちの……あれ? 誰?」

適当にあしらわれたロズィは、今更認識したとでもいうように、僕に目を留めた。

「在原有葉《ありはらあるは》。えっと……」

僕はその扱いにムッとしながら名乗るも、なんと説明したらいいものか口ごもってしまう。

「あ、イオカのカレシだ?」

「違います」

僕の代わりに衣緒花《いおか》が否定する。

「あ、いえ、ただの友達ですが、私のことはたぶん好きだと思いますよ?」

「人を勝手にマウントの道具に使わないでもらいたいな……」

つぶやくように小声で文句を言うのが、今の僕の精一杯だった。

ロズィは馬鹿にするように、はん、と笑った。

「なにそれ。ロズィは取り巻きなんかいらないもん」

「友達と街を歩くなんて当たり前のことでしょう? ああごめんなさい、友達のひとりもいないあなたにはわからないかもしれませんね。それだけ性格悪ければ残念ながら当然でしょうが」

「はぁ？　性格悪いのはそっちでしょ。ロズィは誰彼構わず尻尾振ったりしないから」

「自由と勝手を履き違えないでください。あなたがＳＮＳで炎上するたび、事務所の名前に傷がつくんです」

「別によくない？　思ったこと言ってるだけだし。そっちこそ、周りに合わせてばっかでミジメじゃないの？　めちゃくちゃストレス溜《た》めてそー。そのうち爆発したりして。ボンッて」

「ば……爆発なんか、しません！」

「ねぇ、カレシはどっちがいいと思う？」

「えっ」

ロズィは急に衣緒花《いおか》から目線を逸《そ》らし、僕の顔を上から覗《のぞ》き込む。

「イオカとロズィ、どっちが勝ってると思う？」

ハラハラしながらその舌戦を見守っていた僕は、急に飛んできた流れ弾に慌ててしまう。

「えっと……」

嫌な質問だった。

そんなものは比べられない。

そう答えるのが、模範解答だろう。

けれど。

問われた時点で、思ってしまう。

比べてしまう。

どちらのほうを、自分はすごいと思ったか。

僕は本心をさとられないように、無言でロズィを強く睨《にら》んだ。

「ふーん」

ロズィは臆することもなく、僕の目を正面から覗《のぞ》き込む。

青い目の虹彩《こうさい》が、獰猛《どうもう》に輝く。

「ま、いいけど。ファーストルックは、ロズィがもらうもん。イオカには絶対あげない」

「望むところです。私が勝ちますから」

「は？　つまんない着せ替え人形には無理でしょ」

「私は、人形、なんかじゃ……！」

急に衣緒花《いおか》のリズムが崩れて、僕はハッとする。

呼吸が荒い。冷静さを失っているような気がする。それは単に、言い合いのせいだろうか。

それならいいけれど。いや、よくはないけれど、ずっとマシだ。

あたりを見回すが、それらしき影はない。しかし、安心はできない。彼女の肩が、ゆらめいている、ように見えた。

まずいんじゃないか。

火花を散らすロズィと衣緒花《いおか》に、通りすがる人の注目が集まりつつある。足を止める人が出てきている。それはそうだ。ルックブックとパネルに出演している当人たちが、向き合い睨《にら》み合《あ》っているのだから。

「なんか熱い気がする……？」

要《かなめ》さんが、ぼそりと呟《つぶや》いた。

確かに、熱を感じる。

僕はあたりを見回す。人が多い。服もある。もしここで炎をあげたら、大惨事になる。

衣緒花《いおか》に声をかけようとして彼女のほうを向いたとき。

僕は見つけてしまった。

あらわになっている、彼女の白い肩。

そこにに、黒いトカゲがいるのを。

まるで見つけてもらうのを待っていたかのように、そこにじっとしている。

まずい。

今すぐここを離れないと。

僕は衣緒花《いおか》の手を引っ張る。

「なんですか！」

振り向いた衣緒花《いおか》が怒鳴る。

しかし僕は彼女の手を離さなかった。

触れた皮膚から、ありえないほどの熱が、伝わってくる。

ぎゅっと力を入れたまま、僕は衣緒花《いおか》と目を合わせて、ゆっくり首を振る。

彼女の目が、はっと見開かれる。

「要《かなめ》さん」

「ん？　あたし？」

「余所《よそ》でやったほうがいいですよね、これ」

「まあねー。目立つのはいいけど、お客さんドン引きだからー」

思ったほどは動じていない様子だったが、僕は同意さえ出ればなんでもよかった。ここを離れる言い訳さえできれば。

「だってさ。行こう、衣緒花《いおか》」

衣緒花《いおか》はなにかを言おうとして、けれど口を閉じ、歯を食いしばって、無言で頷《うなず》いた。

ロズィは僕たちの様子を見て、案の定挑発してくる。

「えー、カレシに手繋《つな》いでもらって逃げるの⁉　かっこ悪！　やっぱひとりじゃなにもできないんじゃん！」

僕はロズィの笑い声を背に、彼女の手を引いて、走った。

エスカレーターを駆け下りて、店の間を抜けていく。幅の広い階段を下りた先の地下街にベンチを見つけて、ひとまずそこに衣緒花《いおか》を座らせた。

「うう……」

彼女は体を折って唸《うな》っている。内側のなにかを、抑え込もうとするように。

「ほら、口開けて！　チョコあるから！」

彼女にチョコレートを渡す。彼女は震えながらひとかけらを口に運び、飲み込んだ。僕は背中に手を置き、様子を窺う。

「ダメだ、温度が下がってない……」

収まる気配はない。やはり、佐伊《さい》さんの言っていたように、進行しているのか。

今すぐにでも炎が出そうだ。

周りを見渡すと、それなりの人出だった。誰もこちらを気にしてはいないものの、炎をあげたら絶対に人目に触れる。それだけは避けなければ。なんとかしないと。なんとかって、なんだ？　僕になにができる？　今この場所で手に入るもので、彼女を鎮《しず》めるなにか——

「ま、待ってて！」

僕は彼女をそこに置いて、走り出した。

■

「えっ、い、いない⁉」

帰ってきた僕は、さっきまでのベンチに、衣緒花《いおか》の姿を見つけることができなかった。

「なんで……」

あたりを見回して、ようやく彼女を見つける。

彼女はふらふらと、どこかに歩いて行こうとするところだった。

「どうしたの！　待ってててって言ったじゃないか！」

「私……ここじゃダメだと思って……」

「それはそうだけど！　と、とにかく戻って！」

僕はさっきのベンチに彼女を押し戻す。

再び座った彼女はぐったりとして、肩で息をしている。

「これ！　食べて！」

僕は床にひざまずくと、さっき買ってきた青緑色のそれを差し出した。ピンク色の包装紙には、BRというアルファベットに、31という数字が重なるロゴが印刷されている。

ミントタブレットは効かなかった。チョコレートもダメだった。

それなら、両方だ。

冷たくて甘くて、すぐに食べられるもの。

すなわち――チョコレートミントアイスクリーム。

「なんで……」

「いいから！」

衣緒花《いおか》は、僕が差し出したアイスクリームをじっと見つめて。

やがてそれをひったくると、貪るように、食べた。

彼女の体温は高い。溶けたアイスで手と顔をベタベタにしながら、彼女はそれを夢中で貪った。僕はふたつ買ってきたうちのもう一方も差し出すと、衣緒花《いおか》はそれも平らげた。

「横になって」

「う……」

僕は彼女を支えて横たえると、彼女のアイスまみれの手を握った。

そのまま彼女の様子を窺う。苦しそうに上下する胸を見ながら、腕時計のストップウォッチをオンにした。
1、2、3、4――
だんだんと規則的になっていく呼吸は、腕時計の数字が増える間隔に近づいていく。

それに伴って、握った手の温度は、少しずつ下がってきているように思われた。

そうしてストップウォッチが10分を表示したとき。

衣緒花《いおか》はがばり、とその場に体を起こした。

「よかった……」

僕の声に応えることなく、彼女は、そのままベンチの上で、膝を抱えた。

「う……」

その呻《うめ》きに、僕はまた、悪魔が力を増したのかと思い、身構える。

しかし、その後に続いたのは、鼻をすする音と、嗚咽《おえつ》だった。

どうして彼女が泣いているのか、僕にはわからなかった。泣きたくなる理由ならたくさん思いつくのになんて声をかけたらいいのか、ひとつも思いつかなかった。

だから、彼女が落ち着くまでの、ほんの少しの時間。

僕はなにも言わずに、彼女の隣に座っていた。

■

「お見苦しいところを、お見せしました……」

衣緒花《いおか》は真っ赤な目をしながら、絞り出すようにそう言った。

汚れた衣緒花《いおか》の顔と手は、彼女が持っていたウェットティッシュでかんたんに拭いた。やや落ち着いてから、手を洗ってくると言ってトイレに向かった。

それが崩れたメイクやら髪を整え、そして同じくらい崩れた気持ちを立て直すという意味だったことに気づいたのは、再び完璧な状態になった彼女が戻ってきてからだった。

とりあえず難は逃れたものの、ナラテルに戻るわけにもいかず、かといってさっきまで燃え上がりそうだった衣緒花《いおか》と別れて家に帰るわけにもいかない。あまり人のいない場所を求めて歩いた結果、近くのビルの展望ルームに行き着いた。

ふたりきりのエレベーターで気まずい時間を過ごした後、僕たちは地上25階のガラス越しに、逆巻《さかまき》の街を眺めた。

四角く灰色の家々に、ときおり色鮮やかな看板が混じる。公園や街路樹がやけに青々しく、自然のものであるはずなのにかえって異物感があった。遠くには埠頭《ふとう》が見えて、その先は海が広がっている。なんということもない風景。この展望台を作った人は、いったいなにを展望してほしかったのだろうか、と疑問に思ってしまう。いや、僕たちだってこの街に住んでいるけれど、別に人の目を楽しませるために生きているわけではない。景色に美しくあってほしいと思うほうが、狭い了見なのかもしれない。

しかし、そうあろうと生きる人もいる。

たとえば、隣にいる彼女、とか。

「なんとかなってよかったね」

黙りこくった衣緒花《いおか》にとりあえずなにか言わなければと思って、僕はそう切り出してみる。

「もうちょっと、いろいろ事前に準備しておかないといけなかったな……」

炎が出るかもしれない、ということはわかっていた。でもそれが実際にどういうことなのか、僕はまるでわかっていなかったのだ。偶然アイスクリームに思い至っていなかったら、というか、もし思い至ったとしても効かなかったら、いったいどうなっていたことか。寒気がする。

ちらりと彼女の様子を窺うと、目を伏せて、唇を結んだままだった。

「ねぇ衣緒花《いおか》。ほら、学校」

僕が指差すと、衣緒花《いおか》は目を上げて、そちらを見た。それを確認して、僕は続ける。

「あの夜の衣緒花《いおか》、ここからも見えたかな」

彼女はやはりなにも言わない。僕は少し考えて、もう一度聞く。

「あのときさ。学校で、なにしてたの?」

衣緒花《いおか》はちらりと上目で僕を見ると、再び俯《うつむ》いて、そのまま答えた。

「……ウォーキングの練習をしてたんです」

「ウォーキング?」

「はい。おおまかに言えば、綺麗《きれい》に歩く練習です。家はスペースがないですし、人目があると集中できないですし、それに……」

「炎が出ても周りが燃えない、か」

彼女はこくりと頷《うなず》く。

　僕はあの日の光景を思い出す。確かに、屋上は広くてものがなく、床もコンクリートだ。状況を考えれば、うってつけといえばうってつけではある。

「でも、そうまでして練習しないといけないもの？　見つかったら大変なことになるんじゃ」

　衣緒花《いおか》は目を逸《そ》らして小さく息をつくと、顔をあげて、僕の隣に立った。

「……私、ファッションショーに出たいんです」

「ええと……服を着て歩くやつ……だよね？」

　僕は思わず、聞き返してしまった。しかしそれには答えず、衣緒花《いおか》は話を続ける。

「モデルの寿命って、短いんです。私たち、もう17歳でしょう」

「もう、って……」

「成功しているモデルなら、一流のファッションショーに出ていてもおかしくない年齢です。写真の仕事も大事ですが、やっぱりキャリアとしてはショーに出ないと。なのに私は、まだひとつも……」

　心底悔しそうに、彼女は歯を鳴らした。

「私は遅れているんです。なんとか取り戻さないと」

「それって、出ようと思って出られるものなの？」

　衣緒花《いおか》は僕の顔をちらりと見ると、少し落ち着きを取り戻した様子で続けた。

「次の秋冬、トータルガールズコレクションというファッションショーに、ナラテルがはじめて参加するんです。私、もしかしたらそれに出演できるかもしれなくて。しかも最初にランウエイに出る、ファーストルックで」

「さっきのブランドだ。それって、すごいこと、だよね？」

「いえ、まだ最初の書類が通っただけですし、これから選考を勝ち抜いていかないといけないですけど……事務所に推してもらわなかったら、それも無理だったと思います」

　そこまで聞いて、僕はようやく納得がいく。

「それで練習、か」

「絶対に今回、ファーストルックを勝ち取らないといけないんです」

　僕はその言い方に、やや違和感を覚えた。それは得《え》難《がた》いチャンスには違いないだろうが、彼女の言葉には、それ以上のニュアンスを感じる。

「どうして？」

「ナラテルの手《て》塚《づか》照汰《てるた》さんは天才なんです。なにからなにまで常識破りで。普通はコレクションのイメージに合わせてモデルを選ぶんですけど——今回は、ファーストルックのモデルに合わせて、秋冬コレクションのすべてを作ると言っているんです」

「それって……」

「もし私がファーストルックになったら、秋冬すべての服が、私のイメージで作られるということになります」

　僕はあのカタログと、そこに載っていたたくさんの服のことを思い出した。

「それは、絶対勝ちたいね」

　ふと、ファーストルック、という言葉を使っていたもうひとりのことを思い出す。

　そんな僕の考えを読むように、衣緒花《いおか》は名前を挙げる。

「同じオーディションに、ロズィも出ています。もし最終選考まで私が行けたとして——」

「——ロズィとぶつかることになる、か」

「はい。だから、絶対、絶対負けられないんです」

　その思いつめた声が急にくぐもって聞こえる。どうしたのかと思い衣緒花《いおか》のほうを見ると、彼女は両手で顔を覆っていた。それを見て、僕は慌てる。

「ど、どうしたの？」

「なのに……いつまでこんなこと、しないといけないんでしょう」

　僕は答える言葉を持ち合わせなかった。

「あんな好き放題言われて、満足に言い返せもしないで、その場を後にしないといけないなんて。頭はぼうっとするし……そうでなければ、絶対に言い負けたりしないのに。いつも怯《おび》えて、燃えそうな場所には立ち入れなくて、ウォーキングの練習ひとつまともにできなくて。それに肝心のオーディションで炎をあげたら……悪魔ってなんなんですか。なんでこんな思いしないといけないんですか」

そうか、と思う。

彼女には、叶《かな》えたい夢がある。手にしたいものがある。

それは僕にとって、あまりに眩《まぶ》しい輝きだった。

「大丈夫だよ」

「無責任なこと言わないでください」

「いや。そんなに無責任でもいられないよ」

「え？」

「だって、僕は君のエクソシストだから」

彼女の願いのために僕ができるのは、悪魔を祓《はら》うことだけだ。

彼女はなにかを言おうとして、口を開いた。けれど言葉は出てこなくて、そのまま閉じる。目を逸《そ》らして、俯《うつむ》いて、唇を曲げて、それから慌てたように顔を景色のほうに向けた。雲ひとつない、真っ青な青空。

「いい天気ですね」

一度だけ、すん、と鼻をすする音がする。

衣緒花《いおか》がなぜそうしたのか、僕はわかっていたけれど、なにも言わなかった。

ティラノサウルスにだって、空を見上げたいときはあるだろう。

僕は彼女のことが、少しだけわかった気がした。

強くなければならない世界に生き、強くありたいと願っている。

けれど、たとえどれだけ強がったって。

いつも強くはいられないよな。

「まだ、なにかあるはずなんだ。ショーに出たいってことが衣緒花《いおか》の願いと関係あるとしても、炎が出ることは、直接結びつかない。……だから、もっと衣緒花《いおか》のことを知りたい。そうしたらきっと、手がかりがあるはずだ」

「……わかりました。では明日の朝5時に、逆巻川《さかまきがわ》で会いましょう」

「うん」

是非もなくそう返事をする。

僕たちはそれから展望台を降りた。落下しているのかと思うくらい急激に階数表示が変わるエレベーターを降り、ビルのエントランスを出て少し歩いたあたりで、彼女は僕に声をかけた。

「……あの、ひとつだけ聞きたいことがあるんですけど」

「なに？」

僕は返事をしながら振り向く。

「正直に言ってほしいんですが」

「はあ」

「有葉《あるは》くんは、私とロズィ、どっちの写真が、いいと思いましたか？」

そう聞かれた瞬間、ロズィの鮮烈な写真が思い浮かぶ。思い浮かんでしまった。

僕を見つめる衣緒花《いおか》の目は、鏡のように澄んでいる。

いや、この場合、鏡は僕のほうか。

鏡よ鏡。世界で一番美しいのは——

「——衣緒花《いおか》のやつのほうが、いいと思ったよ」

「そう、ですか」

衣緒花《いおか》が僕の言葉をどう思ったのかは、わからなかった。

けれど少なくとも、怒ったり、泣き出したり、炎をあげたりはしなかった。

僕たちはそのまま別れて家路についた。

ひとりになってはじめて、ものすごく疲れているということに気づく。今日はもうなにもできなそうだ。お風呂《ふろ》に入って、だらだらスマートフォンでも眺めて、そのまま寝よう。明日も学校が……あれ、待ち合わせは……いや、待てよ。

そこまで考えて、僕は恐るべき事実に気づく。

待ち合わせ、おかしくないか？

平日の朝5時に川で、なにをするんだ？

第４章　リバーサイドで嘔吐して

AOHAL DEVIL

「あの、さ。有葉《あるは》。本当に大丈夫……？」

「結論からいうと、ダメ。僕はもう使い物にならない」

翌日、僕は朝の教室で、机に突っ伏していた。

体を起こすのも大変で、授業どころではない。これから僕の耳に届くすべての情報は、右から左にそうめんみたいに流れていく自信がある。

「保健室、行く？」

「いや、別に病気とかじゃないから申し訳ないっていうか」

「そうは言っても具合悪そうだけど……」

三雨《みう》が心配そうに僕の顔を覗《のぞ》き込んでいる。いいやつだ。

保健室に行ったところで佐伊《さい》さんがいるわけでもないし、ベッドで横になったら一瞬で放課後になる自信がある。さすがにそれはサボりなのではないかという気がする。

「ていうかさ、衣緒花《いおか》ちゃんに連れていかれてから、なにがあったの？　たった数日でそんな状態になってるの、おかしくない？」

三雨《みう》は不審そうに眉をひそめている。

「まあいろいろあって」

「えっと、セックス、ドラッグ、ロックンロールのうちどれか含まれてる？」

「想像力の治安が悪すぎるんだよな」

「でもさ、衣緒花《いおか》ちゃんとなにかあったのはそうなんでしょ」

「うーん、まあ、それはそうなんだけど……」

心配してくれる三雨《みう》には悪いが、さすがに本当のことを言うわけにはいかない。

衣緒花《いおか》は悪魔に憑《つ》かれていて、僕はエクソシストだなんて。

まあしかし、心配をかけてしまっているのも事実だ。そのあたりを抜きにした事情は、説明しておいたほうがいいだろう。

なぜこうなってしまったのか、という理由は、3時間前に遡る——

■

「有葉《あるは》くんは、私の悪魔を祓《はら》ってくれるんですよね」

「うん、そのつもりだよ」

「悪魔を祓《はら》うためには情報が必要です」

「そうだね」

「だとしたら、私の日常にできるだけ付き添ってもらうべきでしょう」

「まあ確かに」

「炎の予兆があった場合も、早期の対処が可能です」

「一理ある」

「では行きましょう、有葉《あるは》くん！　まず10㎞です！」

「だからといって！　朝からそんなに走るなんて聞いてないってば！」

僕が眠い目をこすりながら朝5時に待ち合わせ場所につくと、そこには運動着姿の衣緒花《いおか》が待っていた。

早朝の薄明かりに、あらわになった長い手足が眩《まぶ》しい。ネオンカラーのタンクトップにショートパンツから覗《のぞ》く肌は、まだ遠い地平の向こうから漏れてくる朝日を受けて、白く光っている。ぴょんぴょんと飛び跳ねたり柔軟をする様子は、実に堂に入ったものだった。長距離走のアスリートだと言われたら、多分信じるだろう。

「大丈夫です。自家製の経口補水液を有葉《あるは》くんのぶんも用意してあります。市販のスポーツドリンクはそれなりにカロリーが高いですから」

「いや給水を心配してるんじゃなくて……」

「炎なら心配いらないでしょう。人はいないし燃えるものもありません、いざとなれば川にでも飛び込めばいいんです」

「対処法がワイルドすぎる。というか、それなら僕が一緒に走る必要なくない？」

「私が走れと言っているのです！　つべこべ言わずにいきますよ！」

走り出した彼女をそのまま見送れるわけもなく、僕は仕方なく追いかける。

が、すぐに息が切れてくる。

当然だ。まともな運動なんて、体育の授業以外にしていないのだ。いきなり走ればこうもなろう。息を吸っても吸っても足りないし、頭も痛ければ脚も痛い。これを1時間？　無理だ。リタイアしよう。何度もそう思った。

でも、そうしなかったのは。

懸命に走る衣緒花《いおか》の横顔が、あまりに綺麗《きれい》だったからだ。

道の横を流れる川のきらめきが、彼女の汗の輝きと同期する。

本当に美しいものを見続けるためなら、意外と人間、がんばれるのだなと思う。

……いや、そんな風に思えたのは、しばらくの間だった。

徐々に息は上がり、足はもつれ、頭は朦朧《もうろう》とし、体は揺れ、気分が悪くなり、そして。

「おっ、おえぇぇぇ」

僕は6・5㎞地点であえなく嘔吐《おうと》してしまったのだった。

「仕方ないですね、いつもより短いですが、今日はここまでにしましょう」

「う、うん……ごめん……」

端の茂みに屈《かが》み込んで、朦朧《もうろう》としながら頷《うなず》く。いや、これ、僕が謝ることか？

手渡された経口補水液とやらは、塩と砂糖が見事に不協和音を奏《かな》でていた。端的に言ってまずい。しかし、それでも多少は救われたような気持ちになる。

「この程度でへばるなんて、運動不足ですよ」

涙が出てきたのは、一応は背中をさすってくれる衣緒花《いおか》の優しさにではなく、純粋に生理的なものだと思う。

「いや、毎朝10㎞も走るほうがおかしい……」

涙目でそう訴える。衣緒花《いおか》は少し考えてから、意を決したように、僕に向き直った。

「……有葉《あるは》くん。私の秘密を教えましょう」

「えっ」

そう言って、周りに誰かいるわけでもないのに、顔をぐっと耳元に近づける。

「実は私……」

彼女の熱い息が、耳にかかる。

「すごく……太りやすいんです」

衣緒花《いおか》はそれを、極めて重大なことのように、僕に告げた。

「私、小学生の頃は、けっこう太っていて。だから毎日これくらい走らないと、いろんなところに、その、お肉がついてしまうので……」

彼女が顔を赤くしているのは、悪魔のせいではなさそうだった。

僕はつい、ぽっちゃりした衣緒花《いおか》を想像してしまう。それはそれでかわいらしいような気もするが。

「なにか変なこと考えてません？」

「い、いや別に」

「プラスサイズやボディポジティブだって素晴らしい考え方ですけど、私は、その、昔の自分は嫌いなんです。親に言われたとおりに勉強して、楽しいことなんてなんにもなくて、ストレスで食べてばかりだったので……まあ食べるのは本当は今も好きなんですけど……油断すると昔の自分に戻っちゃう気がする、みたいな……」

くるくると髪を触りながらもごもごと言う彼女は、なんだか小動物めいて見えた。

「ティラノサウルスって、生まれたときからティラノサウルスなんじゃないんだね」

「誰がティラノサウルスですか。かじりますよ、頭から」

「僕はおいしくないよ」

「もう！　……ちゃんと話そうと思ったんです。その、有葉《あるは》くんには、私のこと、知ってほしいっていうか……悪魔を祓《はら》うためには、必要なことだっていうから！」

「ごめん。本当にびっくりしたんだ。茶化すつもりじゃなかった」

彼女なりに覚悟して話したのだろうことを感じつつ、僕は慌ててそう述べた。

その上で、悪魔についても考えてみる。

「どうだろう、太りたくない、という願いもありうるのかな」

「それは切実に願ってはいますが」

「炎のかたちでカロリーを燃やしてくれているとか？」

「そ、それなら魂を売ってもいいです！　いやむしろ祓《はら》わなくていいです！」

「いや悪魔ダイエットは絶対に健康によくないと思う……」

思いつきを口にしてはみたものの、冷静に考えてみるとそれでは説明がつかないことが多すぎる。なにより、彼女は自力で痩せることを達成できてしまっている。

考え込む僕を見て、衣緒花《いおか》は咳払《せきばら》いをすると、背中を勢いよく叩《たた》いた。

「さて、休んだので回復しましたね」

「げほっ、いや、全然してない」

「私がしたと言っているのです。次はストレッチですから」

「それはなんとなく予想してた……どうせ筋トレもあるでしょ……」

「ありますが、私はあまり大きな筋肉はつけたくないので、軽いものです」

「10㎞走らされた後で、軽い、は信じられない」

「有葉《あるは》くんが走ったのはたったの６・５㎞です」

「それはそうだけども！」

それから僕は、彼女と一緒に、筋トレとストレッチに励む羽目になった。僕がすぐに潰れ、体の固さに悲鳴をあげる横で、衣緒花《いおか》はスムーズにそれらを続けていた。腕立てとかプランクとかスクワットとか屈伸とか開脚とか、ありとあらゆるポーズが目のやり場に困ったが、衣緒《いお》花《か》にそんなことを言うわけにもいかない。彼女は必死で体を作っているのだ、変な気持ちになるのは失礼だ……と自分に言い聞かせ、その場を乗り切るしかなかった。

「というわけで、朝の運動はこれくらいです」

ひととおり終わるころには、すっかり日が昇って朝になっていた。

「これから私は帰ってシャワーを浴びて朝食を摂《と》ります。また学校で会いましょう」

息一つ切れていない――というわけにはさすがにいかないけれども、それでも彼女の様子にはずいぶんの余裕があった。

「その、さ。本当に毎日こんなことしてるの？」

「当然です。これでも、柔道は断腸の思いでお休みしているんですよ」

「よく続けられるね」

衣緒花《いおか》は唇にきゅっと力を入れて、拳を握った。

「私の体は、勝つためにあるんです。髪の一本、細胞のひとつまで。結果を出すためには、当然のことです」

昇りはじめた太陽が、川にきらめいて。

彼女の姿は、それに負けないくらい、輝いていた。

正直なところ、僕は少し驚いていた。

この世界にある美しいものは、生まれたときからすべて美しいのだと思っていた。

強いものは強く、輝くものは輝いている。そういうものなのだと。

でも、少なくとも衣緒花《いおか》は違う。

彼女は生まれながらにして強者なのではない。

こうありたいという願いを持って、不断の努力によって、自分を作り変えてきた。

死によって最適を目指す遺伝子のように、あるいは自らを燃やす恒星のように。

その自信と自負が、彼女を強者たらしめている。

衣緒花《いおか》は持てる者ではなく、手に入れた者なのだ。

夢を追いかける、というのは、簡単な言葉だ。陳腐とさえ言える。

人気者になりたい。ファッションショーに出たい。誰だって、言うのは簡単だ。

でも、彼女は夢を追いかけ、現実に走っている。

衣緒花《いおか》が本当にファーストルックを勝ち取れる可能性があるのかどうか、僕にはわからない。

わからないけれど、彼女がそれを目指し、努力し、そしてその道行きを悪魔が阻《はば》んでいるのは、間違いのないことだ。

僕にはなにもない。好きなものもやりたいことも、夢も希望も、なにも。

だからこそ、衣緒花《いおか》が前に進むというのなら、僕はその力になりたい。そう思った。

それは、願いというにはあまりにささやかなものだったけれど。

光の中を颯爽《さっそう》と去っていく彼女のまっすぐ伸びた背中の眩《まぶ》しさに、僕は目を細めた。

■

「まあ、そういうわけ。だからセックスもドラッグもロックンロールもないんだ。むしろ健康そのものだよ」

僕はおおまかな顚末《てんまつ》を三雨《みう》に説明したが、彼女は目を丸くしている。

「有葉《あるは》さ、その話、おかしいと思うんだけど」

「え、なにが」

「だって、その……なんで朝から衣緒花《いおか》ちゃんと走ってるの？」

なるほど、と思った。僕はどうも頭が働いていないらしい。

僕の立場からすると過酷な修行になぜか巻き込まれてしまっただけなのだが、確かに早朝に呼び出して吐くまでランニングに付き合わせる関係は、一般的にはなかなか尋常ならざるものかもしれない。

「もう正面切って聞くけど、付き合ってるよね？」

「そんなわけないだろ」

「でもノエルとリアムだってマンチェスターのワーキングクラスからチャートのトップになったわけじゃない？」

「全部の単語を知ってる前提で話してくるな……」

「世の中なにが起こるかわからないって言ってんの！」

「付き合うとか付き合わないとか、そういう表面的なことばっかり言うのよくないよ」

「ボクが聞きたいのはそういうことじゃないんだってば」

「じゃどういうこと？」

「有葉《あるは》、なんか隠し事してるでしょ」

「う」

まあ、嘘《うそ》が下手なのは自分でも認めるところだ。

内容については言えないが、三雨《みう》に心配をかけ続けることはあまりにも申し訳ない。

とにかく核心には触れずに、しかしある程度は正直に話しておくしかない。

「ええと……佐伊《さい》さんから衣緒花《いおか》のこと、ちょっと頼まれてて。プライベートなことだから、あまり言えない。ごめん」

「……佐伊《さい》ちゃん先生案件か。お休みらしいもんね」

三雨《みう》は佐伊《さい》さんの休暇と結びつけて納得したようだった。佐伊《さい》さんが僕の姉さんの友達だということはもともと知っている。しかし悪魔の研究者であることについては、知るよしもない。

しかし佐伊《さい》さんが生徒には〈佐伊《さい》ちゃん先生〉なんて呼ばれて慕われているのは、実に奇妙な感じがする。みんなは知らないんだ、僕に悪魔祓《はら》いを押し付けて、自分は空港で寿司《すし》を食べているような人間だということを。

「とにかく、三雨《みう》が思っているようなことはなにもないよ」

「まあ、そういうことなら……」

もごもごと口を動かす三雨《みう》はまだいささか納得しかねるという様子だったが、これ以上説明する体力は僕にはなかった。再び机に突っ伏してぐったりしていると、教室のガヤガヤした空気が一瞬なりを潜めたのがわかった。

僕が再び重い頭をあげると、そこには衣緒花《いおか》が仁王立ちしていた。

「返事がないので直接出向きました」

「え、あ……ごめん」

さすがにスマートフォンを見るどころではなかったので、メッセージが来ていたのかもしれない。いやしかし、そんなにすぐ反応しないといけないものだろうか。

「放課後は服を見て書店に寄って図書館に行きます」

「待って、今なんて？」

「常に現場の一番新しい状況を確認しておかなくてはいけませんし、歴史や評論はインターネットだけではわかりませんから」

「それはそうかもしれないけど」

「私が行くと言っているのです」

「無理、ひとりで行って……」

と、思わず口にして、僕はハッと気づく。

衣緒花《いおか》の目には、怒りとも悲しみともつかない色が浮かんでいた。

そうだ、彼女はひとりでは行けないのだ。

「わ、わかった。行くよ。行く」

「最初からそうすればいいのです。合流地点は追って連絡します」

冷たくそう言って、彼女は颯爽《さっそう》と去っていった。

「ねぇ、有葉《あるは》。衣緒花《いおか》ちゃんって、いつもああなの？」

彼女の背中が見えなくなってから、三雨《みう》はそう漏らす。

「まあ、そんな感じかな……」

「有葉《あるは》はさ。それでいいの」

いつになく真剣な三雨《みう》の表情に、僕はたじろぎながらも答える。

「うん。これが今、僕がやらないといけないことなんだ」

彼女はしばしば腕組みをして考え、それからぽつりと言った。

「……ならいいけど。なにかあったら相談してね」

いいやつだな、と思った。真実を打ち明けられないことを、すまなく思う。

しかしもう返事をする元気はなく、僕は片手を上げてそれに応えた。

とにかく、衣緒花《いおか》と行動を共にし、その願いを突き止めること。

それは彼女にとっても、僕にとっても、今すぐ必要なことだった。

■

しかし、そううまくことが運ぶわけもなく。

それからの毎日は、過酷の一言だった。

朝は５時に川原で集合し、10㎞走り、学校に行く。放課後は服屋を巡る、本屋でファッション雑誌をチェックする、図書館に行く、の組み合わせが繰り返される。

高級なブティックから僕でも買い物をしたことがあるような量販店まで、衣緒花《いおか》は幅広く、そして足繁《あししげ》くいろいろな場所に顔を出していた。店員さんに熱心に話を聞き、たとえ30万円のコートであっても、平気で試着を頼み、袖を通す。それでも迷惑そうにする店員さんはひとりもいなくて、多くの人がむしろ嬉《うれ》しそうにしていたのが印象的だった。

書店では、ファッション雑誌の発売日にすべての、文字通り棚に並んだすべてのファッション雑誌に目を通した。大多数は買ってもいるそうだが、本屋の棚で見ることに意味があるというのが彼女の主張だった。対象年齢も気にせず男性向け女性向けも問わず、その全てをめくって、僕に印象をこと細かに早口で話した。正直言って彼女の言っていることはほとんどわからなかったけれど、そのほとんどは独り言のようだったので、僕は相槌《あいづち》を打つことに努めたし、衣緒花《いおか》も満足そうにしていたので、多分それでよかったのだろう。

図書館ではおよそ僕には理解できないような専門的な分厚い本を積み上げて、メモを取りながら熱心に読み込む。そもそも服について、そんなに真剣に書かれた本があるなんてこと、僕は想像もしなかった。

そういう毎日を、衣緒花《いおか》は息も乱さず駆け抜けていった。

「結果を出すためには当然です」

と、いうのが、彼女の口癖だった。

努力というのは、こういうことを言うのだと、はじめて知った気がする。

それは僕の生活とはまるで違っていた。目標があって、ありとあらゆることがそれに結びついていた。なにもかもが、夢に近づく一歩だった。衣緒花《いおか》はいつもキラキラと輝いていて、間近《まぢか》でそれを目の当《あ》たりにする僕は、いつも目が潰れそうな気持ちだった。

だから僕は、せめて悪魔について調べた。

衣緒花《いおか》の傍《かたわ》らで本を読み漁《あさ》り、インターネットを検索し、悪魔とはなんなのかについて知ろうとした。本は難しすぎて頭痛がしたし、悪魔と名前がついているだけでぜんぜん関係ない本を引いてしまったこともあった。最初の頃僕が役に立つ情報を見つけられなかったのは当然だな、と今なら思う。あのときの僕は、心の底では、ぜんぜんやる気がなかったのだ。

佐伊《さい》さんには質問したいことが山程あったが、連絡は一切返ってこない。一度思い余って城北大学《じょうほくだいがく》まで行ってみたのだが、悪魔ゼミが広いキャンパスのどこにあるかなんて想像さえつかず、すごすごと帰ってくるしかなかった。

僕はその上で、ノートに衣緒花《いおか》のありうる願いを書き出す。高尚なものからくだらないものまで、彼女が願いそうなことをひたすらリストにした。リストは何ページにも及んで、ノートは早くもいっぱいになりそうだった。毎日深夜まで作業をし、机につっぷして眠る。

24時間、僕は衣緒花《いおか》と、そして悪魔のことを考えていた。

こんなにも、なにかに真剣に取り組んだのは、生まれてはじめてだった。

夢も、目標も、やりたいことも、僕にはなかった。

でも、今は違う。

悪魔を祓《はら》うことは僕にとってやるべきことであり、叶えたい願いだった。

衣緒花《いおか》が自分を変えるというのなら、僕だって少しは変わらなくてはならないだろう。

そして、ある夜。行き詰まった僕は、散歩に出かけた。夏の夜の空気は、思考で過熱した頭を冷やしてくれる気がする。

ふと、気づく。

今まで僕は、衣緒花《いおか》の願いがなんなのかを考えてきた。

でも、もしかしたら、彼女が炎をあげたときの状況について、もう少し考えるべきなのかもしれない。

僕はスマートフォンに、メモを作る。

はじめて出会った屋上。

僕と押し問答をしていた空き教室。

ロズィと言い争っていた服屋。

それ以前のことは詳しくわからないが——このみっつに共通点があるとしたら、それは、なんだ？

そもそも、それ以降一度も炎が出ていないのは、なぜなのだろう。

もしかしたら衣緒花《いおか》が願いに近づいていて、悪魔の力が弱まっているのだろうか。

どうして炎をあげているのかわからなくても、自然に願いが叶《かな》ってしまって、悪魔がいなくなる——なんてことも、あるのだろうか。

そのとき、スマホの画面がパッと変わって、衣緒花《いおか》の名前が表示された。

「うわっ」

　思わず大きな声をあげ、通行人に妙な顔で見られる。

　僕は息を整え、通話ボタンを押した。

「どうしたの、衣緒花《いおか》」

「3次選考を通過しました」

「ってことは……」

　僕は息を呑《の》む。

「はい。次が、最終オーディションです」

　いよいよ来てしまったか、と思う。

　これまでは、万一炎をあげてしまったとしても、僕がそれをすぐに察知できれば、人目のないところに退避させることができた。

　しかし、オーディションとなればそうはいかない。彼女は確実に人目のある場所に拘束される。もし炎をあげてしまったら、その瞬間にすべてが終わる。

「行く気だよね？」

　僕は一応、そう聞いてみる。返ってきた応えは、やはり予想通りだった。

「当然です」

「どうするつもりなの？」

「本気で聞いているんですか？」

「そりゃ心配だもの。まだ悪魔は君の中にいるんだよ」

「だからです」

「なにが？」

「有葉《あるは》くんも一緒に来るんです」

「え」

「当たり前でしょう。有葉《あるは》くんは私のなんなんですか」

思わず立ち止まる。後ろから来た人が僕にぶつかり、迷惑そうな顔をして避けていった。

僕は無言で頭を下げると、スマートフォンをもう一度耳に当てる。

「無理だよ！　関係者以外は入れないでしょ！」

「ですから忍び込みます」

「僕はエクソシストであってニンジャじゃない」

「内部にスパイがいれば不可能なミッションではありません」

「B級映画用語が飛び交いすぎなんだよ」

そう混ぜ返してはみたものの、僕は責任を感じていた。

衣緒花《いおか》が選考を通過した場合、最終オーディションでは現場に行かなくてはならないことはもとから明白だった。彼女がモデルとして実績を求めるのと同じくらい、僕もエクソシストとして結果を出すべきだったのだ。願いを突き止め、悪魔を祓《はら》うという、結果を。

それがいまだ果たされていないゆえに、今こういうことになっているのだから。

「……わかった。要はオーディションの場所に行って、衣緒花《いおか》が炎をあげたら、その、どうにかすればいいんでしょ」

「正しい認識です」

「もう少し手がかりも欲しいしな……」

「中に入る方法については、私が考えておきますので。では」

それだけ言うと、唐突に通話は切れた。まったく、どこまでもマイペースというか、ハイペースというか。

しかし、どうにかすればいい、と自分で言っておきながら、どうしたものかと考える。

いつ炎をあげるかわからない、炎をあげたとしてどうやって鎮《しず》めたらいいかもわからない女の子を、部外者立入禁止の場所で、人目に触れず、守る。難題だ。

けれどだからこそそれは、エクソシストが――僕がやらなくてはならないことなのだ。

第5章

あなただけの特別な

AOHAL DEVIL

当日の朝に僕が呼び出されたのは、狭い廊下に大量のドアが並ぶ、奇妙な空間だった。どうやらトランクルームと呼ばれている場所らしい。そんなものが存在することも知らなかったが、衣緒花《いおか》によれば、服の保管と着替えに使っているそうだ。

彼女は目が回りそうな景色を迷うことなく進み、あるドアの鍵を開け、中に入った。

詰め込まれた大量のハンガーと衣装ケースのすきまに、ふたりで体を滑りこませる。

「いいですか、台本通りいきましょう。オーディション会場には、さまざまな立場の人が大勢います。そもそも場所は関係者にしか知らされていませんが、誰も全員の顔を把握してはいません。部外者の有葉《あるは》くんが入っても、怪しまれることはないでしょう」

「そんなザルみたいな……」

「ただしそれは、一度中に入ってしまえばの話です。私は当然として、有葉《あるは》くんにも受付を突破してもらう必要があります」

「部外者かつ一般男子高校生の僕にそんなことが可能とは思えない」

「それが可能になるんですよ……これを使えば！」

得意げにそう言って彼女が出してきたのは。

どこからどう見ても、スーツ、だった。

「ひょっとして、いま着替えるの⁉」

「大丈夫です、私もよくここで着替えていますから」

「いやそういうことではなくて」

「着慣れていないのであれば手伝いますが」

「そういうことでもないんだけど……」

こんなに近くから女の子に見られながら着替えないといけないことを言っているのだが、モデルの彼女にそんなことは通用しなそうだ。

僕はすべてをあきらめ、素直に従うことにした。

シャツを脱ぎ、インナーを脱ぎ、少しためらってから、ズボンも脱ぐ。

彼女とほとんど抱き合うような距離。

言われたとおりにしていくと、気づけば下着しか身に着けていない状態になっていた。

さすがに、これはかなり恥ずかしい。

僕は自分の心臓の音が、彼女に聞こえていないことを祈った。

「ふーん……」

衣緒花《いおか》は腕を組んで半歩下がると、ジロジロと無遠慮に僕の体を見る。

「な、なにさ」

「腹が立ちますね」

「なんで⁉」

「たいして運動もしていないくせに、けっこう筋肉質だなと思って」

彼女が不意に、僕の腹に爪を立てた。筋肉の起伏を追うように、撫《な》で回《まわ》していく。

僕は息が漏れそうになるのをこらえながら、かろうじて不服を申し立てた。

「そ、そういうの、セクハラだよ」

「そうですよ。腹が立ったから嫌がらせをしているんです」

「ぐ……」

「これ以上喜ばせるのも癪《しゃく》ですし、これくらいで許してあげましょう」

僕の表情を見ると、満足したようにパッと手を離す。

「では、これを着てください」

そして次に差し出されたその手には、シャツが握られていた。

そこからソックス、スラックス、ベルトと、手渡されるままに服を着ていく。

「ネクタイは、私が結びますね」

そう言って、返事をまたずに彼女は僕の首にネクタイを巻こうと手を伸ばす。まるで抱き合うようなかたちになり、僕は思わずそれを遮ってしまう。

「じ、自分でできるから！」

しかし衣緒花《いおか》は僕の主張に眉をひそめる。

「は？」

「だって、制服でいつもやってるし」

「なら聞きますけど、スーツはイギリス系、シャツの襟はセミワイドカラー。ネクタイの太さはこれくらい、生地の厚みはこの程度です。この場合、最適な結び目は？」

「う……そもそもネクタイの結び方ってひとつじゃないの……？」

「正解はセミウィンザーノットです。こっちはプロですよ。黙って私に結ばれてください」

「はい……」

何の反論もできず、僕はされるがままになる。

胸元で衣緒花《いおか》がネクタイを結ぶ様子に、平常心ではいられなかった。

やがて彼女は顔をあげ、最後にジャケットを着せると、ぽんと僕の胸を叩《たた》いた。

「うん、ばっちりですよ、有葉《あるは》くん！」

暗いグレーのスーツは肌触りがよく、僕でもいい生地なのだとわかる。きっちりと結ばれた紫色のネクタイも、いかにも仕事ができそうな感じだ。いや、ネクタイを結んだのは衣緒花《いおか》だし、中身はしょせん僕なのだが。

「もう私のマネージャーにしか見えませんね」

衣緒花《いおか》は恐ろしいことを平気で口にする。

「ダメだって！　本物のマネージャーさんも来るんでしょ⁉」

「当然です」

「顔を合わせたらバレちゃうよ！」

「いいえ、それがバレないんです」

「そんなわけないだろ⁉」

「さっきも言ったでしょう。関係者全員の顔を把握している人はいないんです。私のマネージャーから見ても、有葉《あるは》くんは自分と違う組織の誰かにすぎません」

「なんとかマネージャーさんを説得して、僕が見学するようにできないの？」

「絶対にダメです。あの人に有葉《あるは》くんの存在がバレたら、大変なことになりますから」

僕はその言葉に、背筋が寒くなる。いったいどんな人なんだ。

「というか、このスーツ、どこから来たの？　男物だよね？」

僕が訊《たず》ねると、衣緒花《いおか》は急に顔を背けた。

「それは……なんていうか……その……前から有葉《あるは》くんに、着せてみたいと思って……」

「そんな理由でスーツ一式買ったの⁉」

「け、研究用です！　資料です！　必要経費です！」

「いつの間に。というかサイズぴったりなのが怖いんだけど」

「そんなものは見ればわかりますので」

「得意げにすごいことを言う」

「……だって、似合うと思ったから……」

「え？」

「いえ、その、男性用のスーツは男性の骨格に合わせて作られていますので！　さすがの私でも骨は変えられないという話です！」

「だからと言ってさ……」

置かれた姿見に映った自分の姿は、まるで自分じゃないみたいだった。

思えば、スーツなどというものを着るのははじめてだった。葬式は制服だったし、結婚式を挙げるような親戚もいない。なんだか不思議な気分だ。形は制服と似ているのに、着心地はぜんぜん違う。厚い生地がぴったりと体を覆う感触は、まるで鎧のようだ。衣緒花《いおか》の隣に立つと、まるで本当にマネージャーになったように感じる。

いや、気持ちの面については、正直にこう述べるべきだろう。

僕は、彼女の騎士になった気分だった。

■

それから僕たちは電車に乗って、会場へ向かった。

人気モデルともなれば自動車で送迎されたりするのかと思っていたが、衣緒花《いおか》にそう言ったら、そんなのは本当にごくごく一部のことだと呆《あき》れられた。

電車で隣に座る衣緒花《いおか》は、僕が見ても明らかに緊張していた。思いつめた顔で、神経質そうに星の髪飾りを触っている。

「それ、いつもつけてるよね」

少しでも緊張をほぐそうとそう聞いてみると、衣緒花《いおか》ははにかみながら答えた。

「これ、最初に、ナラテルで買ったものなんです。モデルを目指すきっかけになったものだから……そのときの気持ちを思い出す、というか。まあお守りみたいなものです。オーディションになったら指定の服に着替えるので、外さないといけないんですけど」

僕はそれを聞いて納得する。

お守り。それはきっと、今の彼女に、なにより必要なものだろう。

会場は、逆巻《さかまき》駅のふたつ隣の駅にあった。一体どんなものなのか想像もついていなかったけれど、衣緒花《いおか》が指差したのは思ったより普通のビルで、ちょっと拍子抜けしてしまう。

「ここの3Fです」

エスカレーターで昇ると、そこは白い壁の広大な会議室のような場所だった。いろいろな人たちが忙しそうに行き交っていて、独特の緊張感がある。これが衣緒花《いおか》の見ている日常なのかと思うと、改めて自分とは住む世界が違うのだなと感じさせられる。周りをキョロキョロと眺めないように必死になっているうちに、僕たちは受付の前に立っていた。

「こんにちは。お名前お伺いします」

受付の女性が笑顔でそう挨拶をする。その整っていながら堅苦しくなりすぎない服装のセンスのよさに気圧《けお》されそうになるが、いや自分も今日は負けていないぞと胸を張ってみる。その手元には、なんらかのリストが見えた。

「オーディションの参加者で、伊藤衣緒花《いとういおか》です」

「はい。伊藤《いとう》さんと、こちらはマネージャーさんですね？」

「ええ」

できる限り低い声で、僕は答える。

「控室はBです。マネージャーさんは立ち入りできませんのでご注意ください」

「大丈夫です」

再び作り声で答えると、思っていたよりあっけなく、受付の人は僕たちを通した。衣緒花《いおか》が僕の顔を見て、ウィンクをする。

ホッと息をついたところで——呼び止められた。

「あ、待ってください」

ぎくりとしながら受付を振り向く。スーツのシャツと背中の間の空間に、冷たい汗が流れるのがわかる。

「な、なんですか?」

「お名刺をいただくことになっておりまして」

衣緒花《いおか》と僕の視線が、交差する。

「ごめんなさい、私、名刺は作っていなくて……」

「ああ、マネージャーさんのほうだけで結構ですので」

受付の人は少しだけ意外そうな顔をしてそう言った。一般的にモデルは名刺を持たないということを僕が知ったのは、ずいぶん後のことだった。

こういうとき、どう言うんだったか。多分、こうだ。

「……あいにく、名刺を切らしておりまして」

「あ、私が持ってますよ。これでいいですよね」

その明るいトーンが演技だということを、僕は知っている。

「はい。清水椎人《しみずしいと》さんですね。どうぞ」

僕たちは受付を通りすぎ、しばらく歩いて、周りに聞いている人がいないのを確かめると、詰めていた息を解き放った。

深い安堵《あんど》が、シンクロする。

「ふぅ……危なかったね」

「いつもはこんなことないんですけど。今回はちょっと厳しい、ですね」

「それくらい、大きい案件ってこと?」

「そう理解してもらってよいでしょう」

彼女はこちらを見ずに、早口にそう言った。あたりを見回す視線が、どうもせわしない。

「……緊張してる?」

「しているわけないでしょう。オーディションなんて三度の飯より来ています」

「日常茶飯事ね……」

僕は苦笑した。強がりさえもうまく言えていない。

「大丈夫だよ。もし炎が出たら、僕がなんとかする」

「だとしても……私が選ばれるかどうかは……」

「ここまでがんばってきたじゃないか。衣緒花《いおか》らしくない」

「有葉《あるは》くん……」

「しっ」

僕は人差し指を立てて彼女を制すると、衣緒花《いおか》は慌てて口をつぐむ。こんなミスをするなんて、よほど緊張している。

「……衣緒花《いおか》はさ、傍若無人のティラノサウルスでしょ。大丈夫だよ。勝てるって」

「褒めてます、それ？」

不服そうに腕を組み、彼女は頬をふくらませる。

「一応そのつもり」

それを聞いて、衣緒花《いおか》は小さく笑った。張り詰めた糸が、ようやく少し緩んだのを感じる。

「まったく、元気づけるのが下手な人ですね。……でも、ありがとうございます。なんか、いろいろどうでもよくなりました」

「それはよかった……のかな？」

「ええ、多分。清水《しみず》さんもすぐに来ると思います。あまり近くにいないほうがいいです。ここで別れましょう」

「わかった。そうしよう」

彼女は目を閉じて、大きく息を吐く。上がった肩がゆっくりと降りて、そして彼女は、僕の目を見て、微笑《ほほえ》んだ。

「いってきます」

「うん。いってらっしゃい」

控室に向かう衣緒花《いおか》の背中は相変わらずまっすぐで、僕はホッと息をつく。

そして、その瞬間。

「ちょっと、君」

肩を叩《たた》かれた。

振り向くと、そこには長身の男が立っていた。

僕と同じくスーツに身を包み、四角い鞄《かばん》を手から提げている。身長はずいぶんと高く、すらりと伸びたスラックスの上には、厚い胸板が構えていた。顔立ちは力強い体格とはギャップがあるほど端正で、艶のある髪は綺麗《きれい》に整えられている。モデルだろうか。いや、ナラテルにはレディースしかないはずだ。

まさか、これは、もしかして。

「ええと、どなた、ですか」

「どなた、だって？　面白いことを言う。ずいぶん図太いじゃないか」

端正な顔立ちに似合わないほど低い声が響いて、すっと片手が上がる。

その人差し指と中指には、一枚の名刺が挟まれていた。

「俺が、清水椎人《しみずしいと》だ」

■

「さて。君には聞かなくてはならないことがある」

僕はその人──清水《しみず》マネージャーに、会議室と思《おぼ》しき部屋に引きずり込まれた。そして無言のまま、ジェスチャーで座るよう促される。その圧に、僕は従うしかなかった。

「あのですね、これには事情があって」

「少年。質問するのは俺だ。名前は？」

「在原有葉《ありはらあるは》、です……」

「君が身分を偽り、ここに侵入したことはもう割れている。受付には確認を取った。本来なら、警察を呼ぶところだが」

まるで自分自身が取り調べをする刑事のように、そう述べた。

「俺の目はごまかせない。見た目からして高校生だろう。衣緒花《いおか》と同じ学校の生徒だな。ストーカーを疑いたいところだが、状況から言って衣緒花《いおか》自身が協力したと考えるのが自然だ。なにが目的かは知らないが、ずいぶん衣緒花《いおか》と親しいようだな？」

「違うんです、これは」

清水《しみず》さんは僕の向かいに腰を下ろした。目映いまでの眼光に、僕は目を細める。

「質問するのは俺だと言っただろう。君は衣緒花《いおか》とどういう関係だ」

「え、いや、どういう関係なんでしょうね……」

僕は答えに窮してしまった。プレッシャーのせいではない。本当に、わからなかったからだ。

まさか悪魔憑《つ》きとエクソシストと言うわけにはいかないとして――それがなくなったら、僕たちは、いったいどういう関係なのだろう？

僕がごまかしたと思ったのか、清水《しみず》マネージャーは身を乗り出す。

「俺が聞きたいことは、結局のところひとつしかない」

悪魔のことは絶対にバレてはいけない。この人は、衣緒花《いおか》の仕事を左右する力を持っているはずだ。もし彼女がいつ炎をあげるかわからないなんてことが知れたら、なにもかもが台無しだ。でも、僕は嘘《うそ》が下手だ。変なことを言えば、すぐにバレる。どうする。

しかし放たれたのは、予想外の質問だった。

「あの子は、大丈夫なのか」

「へ？」

「衣緒花《いおか》はちゃんと寝ているか。ご飯は食べているのか。学校でいじめられていないか。悩みはないのか。あの子の性格は君もよく知っているだろう。何度も何度も本人に聞いているのだが、なにも教えてくれない……」

言葉が重なるたび、だんだん泣きそうな声のトーンになっていく。

僕は死にかけの金魚みたいに、口をパクパクとさせていたと思う。

「お、おかあさんだ……」

「おかあさん？　保護者が同居していればまだ心配は少なかったのだが……」

僕は内心、拍子抜けしてしまっていた。

この人は、単に心配性なだけだ。それも、極端に。

ようやく、衣緒花《いおか》が言っていたことを理解した。有葉《あるは》くんの存在がバレたら、大変なことになる――思っていたのとは、だいぶ違う意味だったけれど。

「えっと、すみません、衣緒花《いおか》のことは、僕から言っていいことかはわからないので」

「そうか……それはそうだな……」

顔は無表情なのに、しゅんとしているのがわかる。妙な人だ。

しばらくの沈黙の後、清水《しみず》さんは口を開いた。

「……あの子はなにか悩みを抱えている、と俺は思っている」

安堵《あんど》しつつあった僕の心は、まるで瞬間冷凍みたいに、ばきりと凍る。

「君はなにか知らないか」

「し、知りません」

「知っているな」

「うう」

「しかし言えない、か。ならば仕事上ではなく、個人的なことだな」

僕は答えられなかった。この人はただ心配性なだけじゃない。小さなことから的確に現状を把握する。なにを言っても墓穴を掘る。情報を与えてはダメだ。

もし衣緒花《いおか》がいつ炎をあげるかわからない状況にあるということがわかったら、目の前の心配性なマネージャーは、彼女の身の安全を第一に考えるだろう。それは正しい。正しいが、結局衣緒花《いおか》はチャンスを逃してしまう。

清水《しみず》さんは大きくため息をつくと、形のいい眉を下げた。

「最近の衣緒花《いおか》はどうも様子がおかしい。……ルックブックは見たか？」

急に質問され、僕は慌ててその言葉を記憶から引っ張り出す。

「あのカタログ、ですよね」

「もともとルックブックは衣緒花《いおか》に決まっていて、パネルもその予定だった。だが、そのあたりから急に本番に調子を崩すことが増えてきてな。その関係で、パネルには急遽《きゅうきょ》ロズィが起用された。本人もずいぶん気にしていたようだし、なにか無理をしているのではないかと思っているのだが……あの子は虚勢を張るタイプだからな……」

ひっかかる内容だった。そんな事情があったとは、衣緒花《いおか》は一言も触れていなかった。もしそれが悪魔が憑《つ》いたタイミングなのだとしたら――ロズィがなにか関係あるのだろうか？

「まあ、少し安心はしたよ、少年。衣緒花《いおか》に君のような存在がいたことにはね。いや、それはそれで別の心配もあるか……週刊誌とか……ふむ……」

「いっ、衣緒花《いおか》のこと、よく見てるんですね！」

僕は考えを中断して、まずい方向に行きそうな話を強引に曲げる。

清水《しみず》さんは少し驚いた顔をして、それからわずかに表情をゆるめた。

「……モデルというのは、過酷な仕事だ。常にその見た目を評価され、ふるいにかけられる。努力したからといって報われるとは限らない。目に留まるのは、一瞬のきらめきだけだ。そして選ばれなかった者は捨てられていく。誰も責任を取ってなんかくれない」

アリに運ばれるセミを見るような目で、清水《しみず》さんは床を見つめる。

「だからせめて、ベストを尽くしてほしい。自分の人生に、後悔しないように。そうできるようにするのが、俺の仕事だ」

僕はなんと言ったらいいのかわからなくて、黙り込んでしまう。

ただひとつ、思ったのは。

衣緒花《いおか》は少なくとも、マネージャーには恵まれているのだな、ということだった。

「というわけで、モデルの交友関係を把握するのも俺の仕事だ。君がどんな人間かも聞きたいところだな、少年。スポーツは得意か？　勉強は？　趣味は？　好物はなんだ？　好きな女の子のタイプは？　お風呂《ふろ》に入ったとき体はどこから洗う？」

「ひぃっ」

詰め寄られた僕が悲鳴をあげると、清水《しみず》さんは急に質問を切り上げ、宙を見上げた。

「……ふむ。どうやらタイムアップのようだな」

「え？」

数秒後、コンコン、とノックの音が響く。

「どうぞ」

返事を受けて、開いたドアから顔を出したのは——衣緒花《いおか》だった。

「清水《しみず》さん、もう少しではじまるみたいなので……え⁉」

彼女は僕と清水《しみず》さんの顔を見比べ、飛び上がりそうになっていた。

「衣緒花《いおか》、友達が見学に来るならそうと言ってくれればよかったのだが。おかげで驚いた」

「え、は、はい。その……」

戸惑う衣緒花《いおか》が僕の目を見る。僕はその視線の意味を察して、ゆっくりと頷《うなず》く。

「それより大丈夫か、衣緒花《いおか》。だいぶ緊張しているようだが」

清水《しみず》さんは彼女の様子を見て、心配そうに様子を窺っている。白いTシャツとデニムのホットパンツに身を包んだ衣緒花《いおか》は、見るからに余裕を失っていた。

「リラックスしろ。お腹《なか》は空いていないか？　おにぎりとサンドイッチならあるからな。それに空気がやや乾燥している、のど飴《あめ》をなめておくといい。よく効くやつがある。飲み物は？　今は常温のものしかないが、冷たいもの、あたたかいものがよければ買ってくる」

「い、いえ、大丈夫です！」

どこにそんなにたくさん入っていたんだというくらい、ずらずらとテーブルの上にいろいろな物が並んでいくのを見て、衣緒花《いおか》は両手でそれを制した。

「そうか、ならいいが……ロズィはどうしている？　まだ控室か？」

「早々にスタスタ行っちゃいました」

「あの子らしいな。俺もすぐ行く。先に行っていてくれ」

衣緒花《いおか》は僕のほうを気にしながら、しかし背を向けて、会場へと歩いていった。

後に残された清水《しみず》さんは、さっき広げた諸々を鞄《かばん》にしまうと、親指でドアを示した。

「さて、我々も行くぞ、少年」

「えっ、どこに、ですか？」

「なにを言っているんだ。会場だよ」

「僕、部外者ですけど……」

驚いてしまった。侵入がバレた以上、作戦は失敗したものと思っていたからだ。

「今心配すべきなのは、衣緒花《いおか》が緊張して実力を出せないことだ。さっきの様子を見ても、君の顔が見えたほうが安心するだろう。それとも──」

清水《しみず》さんは言葉を切って、その鋭い目を、僕に向ける。

「──君がそばにいないほうが、彼女のためなのか？」

その質問の答えは、僕が決めることではない。

だとしても、僕がやるべきことは、決まっていた。

■

10分後、僕は清水《しみず》さんに連れられオーディション会場にいた。

真っ白な部屋にはいくつもの机が並べられ、それがすべて、中央のスペースを向いて並んでいる。椅子にはたくさんの人が座り、手元の紙を眺めたりめくったりしていた。

僕は後ろの隅のほうで、清水《しみず》さんと一緒に立っていた。周りには同じようにスーツに身を包んだ人が数人並んでいる。同じくマネージャーなのか、別の関係者なのか、僕にはわからない。

並べられた椅子には、オーディションへの参加者が座っていた。人数は6人。全員がさっきの衣緒花《いおか》と同じ、Tシャツとショートパンツに身を包んでいる。その服は残酷なほどに体型を明らかにしていて、毎朝走らなくてはならなかった理由を、僕はようやく実感する。

衣緒花《いおか》の表情が強張《こわば》っているのが、遠くからでもわかる。肩に力が入って、膝の上に載せられた両手は、ぎゅっと握られていた。

その隣では、ロズィが足を組んで座っている。張り詰めた面持ちの衣緒花《いおか》と違って、いかにも余裕ありげな顔をして自分の爪を眺めている。今にも鼻歌を歌いだしそうだ。

会場は人数に対して、驚くほど静かだった。ぎりぎりと締め付けるような緊張感が、空間そのものにみなぎっている。

人間を評価し、判断する場所。なにを食べ、なにを学び、なにを身につけてきたか。それが大勢のプロの目に晒《さら》され、見抜かれ、そして落とされる。

衣緒花《いおか》が勝ち抜こうとしている世界の恐ろしさを、僕は肌で感じる。

もし僕だったら、悪魔に願いたくもなってしまうかもしれない。

そんな厳しく恐ろしい青春を歩むことを、彼女は自ら選んだのだ。

なら僕も、自分にできることをやろう。衣緒花《いおか》のために。

僕は改めて会場を見渡す。

衣緒花《いおか》たち候補者が座っているのは、部屋の対角だ。もし僕が彼女を助け出そうとすれば、審査員の目を引くことは絶対に避けられない。さすがに悪魔が憑《つ》いていると思う人はいないだろうが、オーディションのその場で中座すれば選考に影響があるに決まっている。それどころか即外されかねない。

僕の鞄《かばん》の中には、焚《た》き火《び》に使う防炎シートが畳んで入れてあった。もし彼女が発火した場合はそれを羽織らせ、非常口から急いで屋外に退避させる計画だった。消火することはできなくても、周りに燃え広がるまでは幾らか時間が稼げるだろうという目算だ。

僕はそのシミュレーションを、脳内で何度も繰り返す。本当にそうなったときに、ちゃんと動けるように。

いざとなれば、背に腹は替えられないだろう。

そうならないことを、僕は祈った。

ほどなくして、オーディションは、静かに、そして厳かにはじまった。

「みなさん、おはようございます。チーフデザイナーの手塚照汰《てづかてるた》です」

最初にそう名乗って立ち上がった男は、奇妙なほど特徴がなかった。ごく普通の髪型に、なんの変哲もない服。縁の黒いメガネに、白いシャツに、グレーのズボン。もっと個性的な人を想像していたので、あまりに予想と違って面食らってしまう。

「ナラティブ・テイル――みなさんにとってはナラテルのほうが馴染《なじ》み深いかもしれませんね。我々は今回はじめて、トータルガールズコレクションに参加します。ご存じの通り、これはファーストルックを務めるモデルを選出する最終オーディションです。ここにいるみなさんは、誰しもが厳しい選考を勝ち抜いてきました。そのことにまず、自信を持ってください」

デザイナーは、候補者を見渡しながら続ける。

「ナラテルのコンセプトは〈自分だけの物語〉です。服そのものではなく、それを着る者の人生にこそ物語がある。私はそう信じてデザインをしてきました。みなさんが、自分だけの、特別な物語を表現してくれることを期待します」

見た目はどこにでもいそうなのに、その声は、奇妙なほど朗々としてよく響く。異様な存在感が、その場を支配していた。

「あのデザイナー、曲者《くせもの》なんだ」

清水《しみず》さんが、小声で僕に話しかける。

「そうは見えませんけど」

「笑顔だが目が笑っていないだろう。一筋縄ではいかない。自分が思う表現をするためなら、なんでもする男だ。そういう人物でなければ、数年で新興ブランドをここまで育て上げられるわけがない。衣緒花《いおか》は大丈夫だろうか……ロズィは……」

僕は胸に、ちくりと痛みを感じた。

清水《しみず》さんは、衣緒花《いおか》とロズィ、両方のマネージャーなのだ。心配しているというのは本心だろうが、ふたりがオーディションを無事に終えることを望んでいる。

僕は、違う。

衣緒花《いおか》に、勝ってほしい。そうじゃなきゃ、ダメなんだ。

やがて、進行役が候補者の名前を呼ぶ。

最初に読み上げられたのは。

「ロザモンド・ローランド・六郷《ろくごう》さん」

名前を呼ばれた彼女は、まるで子供のように元気よく返事をする。

「はい！　ロズィからね！」

「では、まずウォーキングをお願いします」

促されるままに堂々と中央に躍り出た彼女は、しばらく黙ってそこに佇《たたず》んでいた。

いったいどうしたのかと、周りが不思議に思いはじめたそのとき。

ロズィはその場で、くるりと回った。

意表をつく、誰も想像しなかった動き。

たったそれだけで、すべての視線が、彼女に注がれる。

まるで糸を巻き取るように。

ロズィは小さく舌を出し、唇をなめると。

その場から、一歩を踏み出した。

僕は自分の目を疑った。

それは、ファッションショーだった。

彼女が歩くと、世界が変わった。

そこはもう、会議室ではなくランウェイで、たくさんの観客がいて、彼女は美しい服をまとっている。照明が光り、音楽が鳴っていた。

彼女が歩くたった十数秒ほどのあいだ。

僕は確かに、それを体験した。

みんなが呑《の》まれていた。誰もなにも言わなかった。デザイナーも、ただそれをじっと見つめている。

その瞬間、ロズィこそが、世界の中心だった。

やがて彼女がウォーキングを終えたとき、万雷の拍手が鳴り響く。

それが本当に鳴っているのか、それとも強すぎるイメージによる幻聴なのか、僕には判別することができなかった。

じっとそれを見ていた手塚照汰《てづかてるた》が静かに口を開いたとき、僕はまだ、酩酊《めいてい》から抜け出せていなかった。

「ロザモンド・ローランド・六郷《ろくごう》さん、私からあなたに聞きたいことがあります。……このオーディションは、いわば次の物語の主人公を選ぶ場です。あなたの物語が、私の作る服の物語を上回る強さを持っていなくてはなりません。ゆえに、私の質問はこうです――」

その声からは、一切の感情を読み取ることができない。ロズィのウォーキングをどう思っているのかも、どういう気持ちで質問をしているのかも。

けれどだからこそ、むしろその問いの内容は、くっきりとした輪郭を持って突きつけられる。

「――あなたはいったい、なにが特別なのですか?」

その問いが放たれたとき。

デザイナーの足元に、黒い影が見えた。

そうであってほしくないと願いながら、それでも僕は目をこらす。

そこにいたのは、やはり。

黒い、トカゲだった。

僕が見ているあいだに、トカゲはするするとたくさんの人の間を抜け、衣緒花《いおか》の爪先を登り、真っ白な太股を這って、ホットパンツの裾から中に入る。

彼女は唇をきゅっと結び、両手に力を入れて、必死で耐えているように見えた。汗のしずくが、彼女の額を伝う。他のモデルがあたりを見回している。多分、急な温度の変化に、うっすらと違和感を感じているのだろう。

「そんなの当たり前すぎて、考えたことありません。ロズィはロズィだし。自分以外に自分の人生の主人公がいるわけないじゃん」

そう返すロズィの声を、遠くに感じて。

「なるほど」

平坦《へいたん》なデザイナーの反応の後で。

進行役が、次に呼んだのは——

「伊藤《いとう》衣緒花《いおか》さん」

名前を呼ばれた彼女は、顔をあげる。

まずい。

今すぐ彼女をここから連れ出さなくては。

オーディションが台無しになっても仕方がない。今はこの場で彼女が燃えることを、火事になることを防がないと。だって、一歩間違えれば。

人が死ぬかもしれない。

しかし、走り出そうとした僕の体は、動かなかった。

清水《しみず》さんが、僕の肩を、がっちりと掴《つか》んでいたからだ。

僕が振り向くと、小さく首を横に振った。

悪魔のことも、炎のことも、知る由《よし》はない。単に僕が妙な動きをしたから止めたのだろう。

衣緒花《いおか》を心配しているのは自分も同じだと、その目が言っていた。

……ダメだ。僕にはできない。

ここに立つまでに、衣緒花《いおか》がどれだけのことを乗り越えてきたのか、僕は知っている。それが戦う前から奪われなくてはならないなんて――そのチャンスを、僕が奪うなんて、そんなことはできない。たとえそれが、間違った判断だとしても。

だとしたら、この状況を乗り越える方法は、ひとつしかない。

僕が動きを止めると、清水《しみず》さんの手が離れる。

衣緒花《いおか》に視線を戻す。彼女もまた、ゆっくりとこちらを見る。

瞳には、動揺と不安が渦を巻いている。

徐々に合わなくなっていく彼女の焦点を手繰り寄せるように、僕は彼女を見つめた。

衣緒花《いおか》。

君の願いがなにか、僕にはまだわからない。

だけど、それがどんなものであっても、君は自分でここにたどり着いた。

炎でそれを台無しにしないでくれ。

悪魔なんかに負けないでくれ――

「……伊藤《いとう》、衣緒花《いおか》さん？」

反応がないことを不審に思った進行役が、もう一度名前を呼ぶ。

彼女は、すう、と音を立てて息を吸うと、はっきりと返事をした。

「はい」

僕は、彼女が炎をあげてしまうのではないかと思った。

けれど衣緒花《いおか》はまっすぐに立ち上がり、人々の視線の中に自らを運ぶ。

もうその姿に、ためらいは感じられなかった。

衣緒花《いおか》は一瞬だけ僕を見て。

僕にしかわからないくらい、小さく笑った。

そして彼女は、促されるままに、ウォーキングをはじめる。

僕は息を呑《の》んだ。

それは、刃のように研ぎ澄まされた歩みだった。

何度も何度も同じ動きを突き詰めた人間だけが到達できる洗練。一切の無駄がない仕草。

その無骨とさえいえる歩みが見せるのは、華やかなショーの光景ではなかった。

僕が見てきた彼女の努力――いや、僕が知らない彼女の人生。
そのすべてが、そこに詰め込まれていた。
食べたもの。見てきた景色。学んだ知識。身体《からだ》への理解。
なにより、生きることそのものを捧《ささ》げてきた、燃え上がるような情熱。
毎日彼女が積み上げてきたものが、彼女の体に宿っている。
髪の一本、細胞のひとつまで、勝つために。
僕は衣緒花《いおか》を、美しいと思った。
姿かたちではなく。
その、生き方が。
いつの間にかトカゲが姿を消していることに、僕は気づいていた。
彼女の額には汗ひとつない。
積み重ねてきた、努力。
絶対に勝つという、覚悟。
負けていないという、自信。
それが彼女を支えていたのだとしたら。
もしかして、衣緒花《いおか》は。
悪魔さえも、乗り越えたのだろうか？

結局彼女は炎をあげることなく、ウォーキングを終えた。

衣緒花《いおか》が歩きはじめた位置に戻って、ようやく僕は我に返った。

会場はいまだ、静まり返っていた。

隣の清水《しみず》さんはなにも言わず、口に手を当てて考え込む。

ロズィは眉をぎゅっと寄せて、衣緒花《いおか》を睨みつけている。

そして一部始終を見届けたデザイナーは、さっきと同じ質問を放った。

「伊藤衣緒花《いとういおか》さん。あなたにも、ぜひ聞きたい。あなたはなにが特別なのですか？　なぜ選ばれるにふさわしいと思いますか？」

幸い、トカゲの姿は見当たらないままだ。

僕は衣緒花《いおか》の答えに集中する。

「私は――」

しかしその言葉は、それ以上続かなかった。

凍りつくような沈黙。

会場がほんの少しどよめく。

自分の手に力が入っているのがわかった。

祈りというものがもしあるなら、それはきっと、こういう気持ちなのだろう。

衣緒花《いおか》はしばらく考えて、大きく息をついた。そしてデザイナーをまっすぐに見据えて、もう一度、口を開く。

「――多分、私は特別ではないのだと思います。どこにでもいる、普通の女の子です」

会場は、彼女の言葉に、耳を澄ませていた。

「けれど、だから、特別でありたいと――どこにでもいる誰かじゃなくて、代えの利かないその人になりたいと思って、ずっとがんばってきました。だから今、私はここにいます。その意味では、私はまだ、主人公でもなんでもなくて、特別な誰かにはなれていないんだと、そう、思います……」

彼女の声は、だんだんと弱まって、最後のほうは、聞き取れなくなっていった。

「その……うまく質問に答えられているか、わかりませんけれど……」

会場は静まり返っている。

けれど、僕は見た。

デザイナーが、ほんのかすかに、笑みをこぼすのを。

確信なんてひとつもなくたって、オーディションははじまり、そして終わっていく。

そして時間は、まだ見ぬ結果へと、僕たちを押し流していった。

第6章

マーブル模様は夜の水深

AOHAL DEVIL

オーディションが終わった後、僕たちは帰りの電車に揺られていた。

ロズィと衣緒花《いおか》に続く候補者は、みんなボロボロだった。僕の目から見てもそれとわかるほど、動揺し、自信を失っていた。それくらい、ふたりのウォーキングは衝撃的だったのだろう。

衣緒花《いおか》も一歩間違えばそうなっていた。いや、それどころか、悪魔がすべてを燃やしてしまっていたかもしれない。けれど、そうはならなかった。まだはっきりと願いがわかったわけではないけれど、たぶん彼女の意志がそうさせなかったのだと、僕は考えていた。

あれだけ口うるさく心配していた清水《しみず》さんは、一言だけ、よくやった、と労《ねぎら》うと、それ以上なにも言わなかった。多分、それが清水《しみず》さんなりの優しさなのだろう。

結果がどうなるのか、まだ誰にもわからないのだから。

電車に乗り込むまで、衣緒花《いおか》はずっと無言だった。なんと話しかけたらいいかわからず、僕も沈黙してしまう。しかし隣に座る衣緒花《いおか》の顔を覗《のぞ》き込んで、僕はようやく、声をかける。

「……大丈夫?」

話しかけられて、衣緒花《いおか》はむしろ、ほっとした表情をした。

「そうですね。さすがに、ちょっと緊張しました」

「いや、無事に終わってよかった」

「無事、でしたか？」

衣緒花《いおか》は不安げな表情で、僕を見上げる。

「いや、ウォーキングもすごかったし、受け答えもちゃんとできてた……と思うよ」

「でも、ロズィは——」

「それより、炎が出なくてよかったよ。正直どうなることかと思った」

僕は言いかけた衣緒花《いおか》を思わず遮る。

火が出なかったことには、心の底から安堵《あんど》していた。悪魔が衣緒花《いおか》を燃やさなかった時点で無事も無事だ。ちゃんとオーディションを終えられた。それ以上の成果はない。そのはずだ。

「それです。私、途中で炎をあげそうになったと思ったのに……急に体が楽になって……」

衣緒花《いおか》は細い顎に手を当てて考え込む。

「悪魔は、衣緒花《いおか》の願いを叶《かな》えているんだ。もしかしたら、衣緒花《いおか》が自分で願いを叶《かな》えようとする強い気持ちが、悪魔を退けたのかもしれない」

「それって……」

「うん。どうして炎なのか——はまだわからないけど、衣緒花《いおか》の夢に関係していることは確実なんだ。もしそうだとしたら、悪魔が祓《はら》えるのも時間の問題ってことになる」

「そう、ですか」

「まあ、その場合は僕は最初からいらなかったってことになるけどね。おかしいと思ったんだ。僕がエクソシストだなんて。まったく、佐伊《さい》さんはなんで……」

「有葉《あるは》くんは！」

急に衣緒花《いおか》が大きな声を出したので、僕は面食らってしまう。彼女自身も驚いた様子で、急に声を絞った。

「その……有葉《あるは》くんは……」

「衣緒花《いおか》？」

電車がレールを越える振動が何度か響いた。

それから彼女は我に返って、気まずそうに、改めて切り出し直す。

「ええと、結果発表、来週なんです。今の話が本当なら、その瞬間が一番危ない、ですよね」

「確かに、そうか……」

僕は考える。具体的な願いはまだ判明していない。もし衣緒花《いおか》が夢から遠ざかるようなことがあれば、悪魔が急激に強まることもあるかもしれない。

「だから、結果発表のときも、一緒にいてほしいんです」

「わかった。僕もそれがいいと思う」

納得しつつも、僕は予感めいたものも同時に感じていた。

もしかしたら、それが。

僕のエクソシストとしての、最後の仕事になるかもしれないと。

■

その日は、すぐにやってきた。

いざというときのことを考えて、僕たちは川沿いの広場で待ち合わせた。しかしどうにも落ち着かずじっとしていられない様子の衣緒花《いおか》は、そわそわと周囲を歩き出した。それについていくうち、僕たちは大きな橋に差し掛かる。

欄干に体を預けて、空を見上げる。少しずつ短くなってきた日は、すでにすっかり落ちている。まわりに人はいない。瞬《またた》く星だけが、僕らを見守っていた。

星の髪飾りが街灯を反射して、オレンジ色に輝いている。まるで本物の星のように。

「多分、もうすぐかかってくると思うんです……」

沈黙に耐えかねたように、彼女はそう言う。

結果はまずマネージャーであるところの清水《しみず》さんに伝えられ、清水《しみず》さんから衣緒花《いおか》に電話がかかってくるのが今この時間。そういう話を聞いて、僕たちはここで待ち合わせたのだった。

衣緒花《いおか》の体は強張り、呼吸は浅かった。当然だ。これまでの努力の結果と、そしてこれからの人生が、電話一本で決まってしまうのだから。

そして僕はその重大な岐路に、居合わせている。

「あっ」

急に衣緒花《いおか》が叫んだので、僕はびくりと体を震わせてしまう。

「なに、どうしたの」

「私、炎が出そうかも」

「え⁉」

僕は慌てて彼女の手を取る。

けれど伝わってきたのは、ひんやりした感触だけだった。

「体温は、上がってないみたいだけど……」

あたりを見回すが、トカゲの姿も見えない。もしかしたら、暗闇に隠れているのだろうか？

手を離そうとするが、僕が力を抜いても、彼女の手の感触は消えなかった。

「衣緒花《いおか》……？」

「嘘です」

「勘弁してよ！」

「でも、やっぱり心配してくれるんですね」

「そりゃね。ここまで来て逃げ出したりしないよ」

彼女は僕の手を握ったまま、目を閉じて微笑んだ。

「もし結果を聞いて、私が燃えちゃったら……道連れにしますから」

「怖いこと言うな……」

そう茶化してみるが。

彼女の手が震えていることに、僕は気づいている。

「僕は君のエクソシストだから。そのときは、ここまで祓えなかった僕の責任だよ」

「有葉《あるは》くん、私……」

衣緒花《いおか》がなにかを言おうとしたそのとき。

ブーンという音がした。

それは衣緒花《いおか》の小さな鞄《かばん》の中から聞こえていた。パッと手を離した彼女が慌ててスマートフォンを取り出すと、画面の光が彼女の顔に反射する。

「清水《しみず》さんからです」

彼女の顔から、血の気が引いていくのがわかった。

間違いなく、オーディションの結果だ。

「大丈夫。僕はここにいるから」

僕がそう言うと、彼女は頷《うなず》いた。

衣緒花《いおか》は立ち上がると、通話に答える。髪を耳にかけ、頭を揺すって邪魔な髪を避けると、そこにスマートフォンを当てた。

「はい、伊藤《いとう》です。はい。……本当ですか？」

衣緒花《いおか》の返事が聞こえるが、内容は窺うことができない。

やがて彼女は口数を減らしていき、最後にはほとんど黙り込んでしまった。

僕は氷を無理やり飲み込んだような気持ちで、その様子を見つめていた。

しばらくして通話を終えて、彼女はスマートフォンを持った手を、だらりと落とす。

僕の方を向いた彼女の目は、焦点が合っていなかった。

ひゅっ、と彼女の喉が鳴った。

目は泳いでいて、手は震えている。

今すぐにでも倒れるんじゃないか、炎をあげるんじゃないか、と思って、僕はいつでも受け止められるように両手を伸ばす。

「あの、私……」

ダメだったのか。

無理もない、と思った。

それくらい、ロズィのウォーキングは、圧倒的だった。

「衣緒花《いおか》、落ち着いて。しょうがないよ、またきっとチャンスはあるから……」

「有葉《あるは》くん！　私！」

衣緒花《いおか》が勢いよく顔を上げる。

彼女の顔が、吐息がかかりそうなくらい近くにあって。

その目は、星のように輝いていた。

「私、やりました。ナラテルのファーストルック！　決まりました！」

目をぎゅっと閉じて、ぶんぶんと両手を振ってその場で飛び跳ねる。

「ショーモデル！　私、ショーモデルですよ！　ナラテルの！　ファーストルックですよ！」

衣緒花《いおか》は飛び跳ねながら、同じことを何度も何度も繰り返した。

「お、おめでとう……！」

僕はなぜか、言いよどんでしまった。

自分のなかにある気持ちが、なんなのかわからない。

衣緒花《いおか》が勝った。それは、確かな事実だ。なら、純粋に嬉《うれ》しいはずじゃないのか？

しかし僕が自分の心に目を凝らす前に、衣緒花《いおか》が僕に衝突する。

「うわっ」

「有葉《あるは》くんのおかげです！」

そう言って僕に抱きついたまま、回りだす。その重量に引きずられて、僕も一緒になって回転する。

彼女の星の髪飾りが、街灯の光を反射して、きらきらと輝く。

僕たちは手を取り合って、まるで恒星と惑星みたいに、くるくると回った。

「いや、僕はなにも……」

「結果オーライです！　結果がすべてですから！」

頬を紅潮させる彼女の質量に振り回されて、転ばないようにするのがやっとだった。

そのうち、なんだかこれでよかったような気持ちになってきた。

僕はなんの役にも立たなかったけれど、確かに、彼女は自分の望むものを手に入れたのだ。

本当にこれで、悪魔も祓《はら》えてしまうかもしれないな。

そんな風に期待する。

なんということはない、僕はやはり、最初から必要なかったのだ。

彼女は自力で、夢を叶《かな》えてしまったのだから。

エクソシストと悪魔憑《つ》き。

僕たちは、ただそれだけの関係だ。

でも、今だけは、彼女の喜びを受け止めたかった。

僕は彼女の体に、腕を回した。

けれど——

それが、間違いだったのだ。

次の瞬間。

僕の目を焼いたのは。

白い、閃光《せんこう》だった。

視界がホワイトアウトする。思考が追いつかない。

衣緒花《いおか》も目を庇《かば》いながら薄く開けて、あたりを見回している。

そして僕は気づく。

そこに、影がいた。

背が高くて、黒い大きなパーカーを着て、フードを被《かぶ》っていて、黒いマスクをしていて、顔はわからなくて。

悪魔よりも最悪なタイミングで、そいつは現れた。

「衣緒花《いおか》の……ストーカー……？」

「有葉《あるは》くん！」

彼女は僕の後ろに隠れる。

腕を伸ばして、彼女を庇《かば》う。

間違いない。

今、写真を撮られた。

僕は必死で考える。

ありえるシナリオはなんだ。衣緒花《いおか》を守るために、やらなくてはならないことはなんだ。

しかしすべてのシミュレーションは、予想外の声によって打ち砕かれる。

「そーだよー、ストーカーだよー」

あまりにも軽い、それでいてかすれた声。

聞き間違えるには、あまりにも個性的すぎる。

「そんな、まさか……」

「ダメじゃないキミたち、こんな夜にイチャイチャしてちゃ。そうやって迂闊《うかつ》だから、こんな写真撮られちゃうんだよー」

そう言って、黒い影はスマートフォンを僕らに向ける。

そこには確かに、僕と衣緒花《いおか》が……接近している様子が、克明に収められていた。

「ま、もう隠さなくてもいいよね」

影はスマートフォンをしまうと、フードを下ろし、マスクを外す。

「正解はー、みんな大好き天才中学生モデル、ロズィちゃんでしたー!」

その金色の髪はまるで周りを絡《から》め取ろうとするかのようにうねり、その瞳は暗く光っている。

「ロズィ!　あなたが……あなたが付きまとっていたんですか⁉」

そう叫ぶ衣緒花《いおか》に、ロズィは悪びれるでもなく、むしろ心底愉快そうに手をひらひらさせた。

「そだよ。なーんだかんだ、暗いと黒は見えにくいんだよねー。ずっとついていってるのに、

ぜんぜん気づかないんだもん」

自分の歯がギリッと鳴ったのがわかった。これははったりじゃない。彼女は本当に、ずっと僕たちを尾けていたのだ。

「それにしても、わー私のこと大好きなストーカーだーこわーい、なーんて思い上がりすぎじゃない？　どんだけ自分に自信あるの？　イオカみたいな量産型、誰も興味ないよ」

「なんでこんなことするんだ！」

「は？　なんでって？　なにそれ？」

夜の闇に、ロズィが振るスマートフォンが光る。

「罰が当たるのは当然でしょ。えーっと、こういうときなんていうんだっけ。ああ、思い出した！　……ざまあみろ、だ」

ぶつけられる汚泥《おでい》のような悪意に、足を取られそうになる。けれどそれでも、僕はここで退くわけにはいかない。後ろに、衣緒花《いおか》がいるから。

「ロズィ、ずっとイオカのことキライだった。イオカなんかぜんぜんオーラないじゃん。なのに、いい仕事はぜんぶイオカばっかり。ナラテルのパネルだって、もともとイオカだったし。お下がりの仕事なんて、そんなの、ムカつくに決まってる！」

「私……」

ぎゅっ、と服が掴《つか》まれる感触。

「ずっと納得いかなかった。媚《こ》び売るのが得意なだけの量産型に、なんでロズィが負けないといけないの？　そんなのズルい。実力で勝負しなよ！」

「だからつけ回したっていうのか？」

「そうだよ。イオカがズルするなら、ロズィだって違うところで勝負するもん。こーんなタイミングで、こーんな写真撮れるとは思ってなかったけどね。すっごくよく撮れてるから、みんなに見てもらおうよ。ロズィ、インスタに友達いっぱいいるよ？　イオカのホントの姿、みんなに教えてあげたほうがいいんじゃない？」

彼女は、牙を剝《む》くように笑うと、こう言ってのけた。

「嫌なら、ファーストルック、ロズィに譲ってよ」

「そんなのおかしいってわからないのか！」

「だってロズィのほうが才能あるし！　なのにイオカに決まるなんて、そっちのほうがおかしいじゃん！」

「そんなこと……」

言おうとした言葉は、石のようになって、喉につかえる。

どうして。

どうして僕は、言い返せないんだろう。

衣緒花《いおか》のほうが才能があると。

今、一番言わなければいけないことを。

なぜ。

僕の様子を憎らしいほど敏感に察知して、ロズィがニヤリと笑う。

「ほーら、やっぱね。カレシもロズィのほうが才能あると思うってさー。だいたいなに、必死になっちゃって。モデルと仲良くなって調子乗ってんの？　スーツで現場まで来てマネージャー気取り？　よくいるよね、下心バリバリでお近づきになろうとするやつ。でも見る目ないね。どうせならロズィと付き合いなよ」

「誰が中学生なんかと……」

「へー。これでも同じこと言えんの？」

ロズィは少しかがんで、ぶかぶかのパーカーの胸元を、ぐいっと引っ張ってみせる。

見たいわけじゃない。そう思うのに、どうしても目線はそこに吸い寄せられてしまう。

そこに豊満な膨らみがぎゅっと谷間を作っているのを、僕は見てしまった。

「ほら、見てわかるでしょ？　ロズィ、大人だよ。イオカなんかより、もっといいこといーっぱい知ってるんだから」

目を逸《そ》らしても、遅かった。その光景は、僕の目に、焼き付いてしまっている。

「あ、赤くなった。かーわいー。やっぱりロズィのほうがいいでしょ？　みーんなそうだよ」

ロズィの信じられないほど長い指が、僕に触れようとした、その瞬間。

「……触らないで」

静かな、しかしはっきりとした声は、すぐに叫びに変わる。

「有葉《あるは》くんに……触らないで！」

その響きに振り向いた僕の目に、映ったのは。

炎の、塊だった。

なんの前兆もなく彼女は燃えていた。

そんなはずはない。いや、トカゲは予兆を知らせなかった？　見落としたのか。いや、たとえ暗闇でも、現れていればきっとわかったはずだ。なのに。

「ダメだ、衣緒花《いおか》！」

どう見ても、今は洞察の時間ではなかった。彼女を——いや、炎を止めなくては。

「あつっ！　な、なにこれ、なんで燃えてるの⁉」

ロズィは長い腕で自分を庇《かば》いながら、後ずさる。

しかし、衣緒花《いおか》は、彼女を、逃さなかった。

「ひゃっ⁉」

衣緒花《いおか》はロズィに飛びかかる。

僕はすんでのところで間に体を滑り込ませ、衣緒花《いおか》の体を受けとめる。

「あ、熱い……うわっ！」

そして炎は一瞬で、手がつけられない大きさになっていた。熱が肌を焼き、光が辺りに閃《ひらめ》く。

僕は吹き飛ばされ、尻もちをつく。

「落ち着いて！」

返事の代わりに、彼女の口からは、炎が漏れていた。唸《うな》り声と一緒に。

ダメだ。もう話が通じる状態じゃない。

僕はあたりを見回す。ロズィはその場にへたりこんでいる。このままじゃ、人目に触れてしまう。暗闇で炎はよく目立つ。そうすれば、僕とくっついている写真どころじゃない。

ふと、衣緒花《いおか》の言葉を思いいす。

彼女と一緒に、川原を走った日々。

夢を追いかけた毎日。

――いざとなれば川にでも飛び込めばいいんです。

「衣緒花《いおか》、ごめん！」

僕は彼女に、体当たりする。

衣緒花《いおか》に投げ飛ばされたことがフラッシュバックする。

欄干を軸に、僕は体を回転させ。

ふたりで、川に、身を投げた。

ひゅーっという感触が、全身に走る。

僕は衣緒花《いおか》を抱きしめ、自分の体を下にする。
永遠にも感じる落下のあとで。
硬い水面が、バシリと僕を撃つ。
殴りつけるような冷たさと一緒に、僕たちは、真っ暗な川の水に沈んだ。
まるで夜そのものに、落ちてしまったようだった。
しかし、それでもなお、彼女は燃えていた。
揺れる水面の闇と衣緒花《いおか》の炎が混ざって、ネイビーとオレンジのマーブルを作る。
冷たさと熱さは混ざり合って、沸騰するより先に、水は流れていく。
やがて、炎が小さくなっていくのがわかった。
なにもかもが、遠のいて聞こえる。
すべてがくぐもって聞こえる水の中で、
抱きしめた彼女の感触だけが、確かにそこにあった。

第７章

ゴミ、タオル、ベッド

AOHAL DEVIL

「う……げほっ、げほっ」

「衣緒花《いおか》！　よかった……」

彼女が咳《せ》き込みながら目を覚ましたのは、僕が橋の下に彼女を引き上げてから、ほどなくしてのことだった。

「……あ、有葉《あるは》くん！　ごめんなさい、私、私！」

「大丈夫。大丈夫だから」

本当はもっと気の利《き》いたことを言えればよかったのだろうけれど、なにも思いつかなかった。

頭のなかはぐちゃぐちゃで、それでもただ必死で、僕は嗚咽《おえつ》する彼女の背中をさする。

やがて彼女が落ち着いたのを見はからって、僕は謝る。

「ごめん、無茶して。ああするしか思いつかなかったんだ」

「違います。私が……悪魔を……」

衣緒花《いおか》は自分の体を抱くように腕を回した。

あれは間違いなく、かつてない大きさの炎だった。驚くほど速やかに、悪魔は彼女を燃え上がらせた。橋の上は燃えるものが少ないとはいえ、どこかに燃え移って火事になっていた可能性もある。それにあのまま留まっていたら、遅かれ早かれ誰かが目撃し、消防車を呼んでいただろう。ロズィは動揺してそれどころではなかったけれど、人が集まれば誰かが写真を撮って、それが広がることだって考えられなくはない。

だから、川に飛び込んだ。

逆巻川《さかまき》の深さがどれくらいなのか、僕は知らなかった。水底に激突して大怪我《けが》をするかもしれない、とわかってはいた。でも、それは僕が受け止めればいいと思った。

結果として無事だったのは、単なる幸運だ。

「怪我《けが》、ない？」

「ない、と思います」

自分の体を見回しながら衣緒花《いおか》は応えて、僕はほっと胸を撫《な》で下《お》ろす。

「よかった……」

ひとまず、再び炎をあげる様子もなさそうだ。

「あっ」

彼女はなにかに気づいたように声をあげ、自分の髪に手をやった。

「どうしたの⁉」

「ヘアピン……！」

衣緒花《いおか》はそう言って、あたりを見回す。それがなにを意味しているのか、すぐにわかった。いつもつけていたあの星の髪飾りが、彼女の髪から消えていたから。

「探すよ！」

僕は辺りを見る。暗くて見通しが悪く、すぐに見当たらない。川の中にももう一度戻ってみる。水は黒々としていて、底どころか、水中に入れた手も見えない。体がすでに濡《ぬ》れていても、川の水は冷たく感じることを、僕ははじめて知った。

「有葉《あるは》くん。いいですから」

「でも、大事なものだって！」

「……仕方がないことです。それより……」

そう言って、衣緒花《いおか》は自分の体に目をやった。僕もそれにつられて視線を移すが、見てはいけないものを見てしまった気がして、慌てて目を逸《そ》らす。

僕たちは、それはもうひどいありさまだった。びしょ濡《ぬ》れなだけでなく、もはやなんの汚れなのかわからない泥のようなものに全身まみれている。スマートフォンはふたりとも防水だったのが、せめてもの救いだった。

「なに？」

「あの、私の家、近くなんです」

「ええと……」

こんな姿で街の中を歩いていたら、ぎょっとされることは間違いないだろう。もしかしたら警察に通報されるかもしれない。彼女の家は、理想的な行き先ではあった。

「でも、ひとつ約束してほしいんです」

「約束って」

「なにも言わないでください」

僕は首を傾《かし》げたが、彼女が立ち上がって歩きはじめたので、後に続いた。

なにもしないで、なら分かる。衣緒花《いおか》の立場からすれば、異性を部屋にあげるなんて、警戒してしかるべきだろう。

しかし、なにも言わないで、とはどういうことだ？

ぐっしょりと濡《ぬ》れた服が体にまとわりついて、頭の回転を鈍らせる。

ぽたぽたと流れる水滴と一緒に思考は流れ出て、戻ることはなかった。

■

「ここです」

衣緒花《いおか》について5分ほど歩き辿《たど》り着《つ》いた場所は、かなりしっかりしたマンションだった。エントランスはなんだかホテルのロビーに似ている。衣緒花《いおか》は慣れた手つきでオートロックに鍵をさして、ドアを開く。

こんな状況ではあるけれど、僕は緊張していた。体が震えているのは、寒いからではない。なにせ僕は、生まれてはじめて、女の子の家に行くのだ。しかも、衣緒花《いおか》の家だ。

いや、しかし、今は非常時だ。余計なことをせず、玄関先でタオルなどを借りたらすぐ家に帰るべきだ。なにも言うなと言われたことだし。時間も夜だし。

2台並んだエレベーターの片方に乗り込むと、衣緒花《いおか》は10階のボタンを押した。

四角い箱はなめらかに加速して、僕は自分の重さを体に感じる。

衣緒花《いおか》はどこか思いつめた顔をして、階数の表示をじっと見つめていた。濡《ぬ》れた髪の先から、一定のリズムでしずくが落ちる。

オレンジ色の光が10階を知らせて、僕たちは静まり返ったフロアを歩く。1011号室の前で衣緒花《いおか》が立ち止まって、鍵を回してドアを開けた。

「……どうぞ」

「お、お邪魔します」

中に入ると、自動で点灯した照明が、玄関を照らす。

「お、おお……」

そして僕は目の前に広がる光景に、思わず声を漏らした。

それは、まさにファッションショーを目指すモデルに相応《ふさわ》しい、洗練され選び抜かれたインテリアの、おしゃれな空間――ではなかった。

そこにあったのは、白くて大きいビニール袋の口を縛ったもの。ある意味で、見慣れた物体。ゴミ袋だった。

それがおそらくはリビングに繋《つな》がるであろう廊下に、大量に並び積まれている。

衣緒花《いおか》は言葉を発しそうになる僕を目線で制した。

「ご、ごめん。なにも言わない」

「ここにいてください」

彼女は靴を脱ぐと、小走りに家の中に入った。ぺたぺたと濡れた足音を立てながら、行ったり来たりする様子を、僕はその場で呆然《ぼうぜん》と眺める。

しばらくして戻ってきた彼女は、廊下にあるドアを開けて、中を指差した。

「とりあえず、お風呂《ふろ》に入ってきてください」

「え……」

思わず声を漏らす。

「大丈夫です、お風呂《ふろ》はきれいですから。帰ってきてから入ろうと思って、タイマーで沸かしておいたんです」

「そ、そういう問題じゃなくない？」

「濡《ぬ》れたままというわけにはいかないでしょう。私も後で入ります」

「うん。いや、え？」

「いやらしい。後って、有葉《あるは》くんがあがった後ですよ」

「だからそういう問題じゃなくて……」

「いいですから！　ほら！　靴脱いでください！　廊下は後で拭きますので！」

いろいろ思うところはあったが、これ以上言い争う気力もなく、従うことにする。びしょびしょで足に張り付く靴をなんとか外し、湿った靴下で廊下を歩く。

痺《しび》れを切らしたのか、それとも余計な動きをしてほしくなかったのか、背中を押され、脱衣所にねじ込まれてドアを閉められる。磨《す》りガラスのドアの向こうからは、あたたかい色の照明が漏れていた。

本当に入るのか……と思いながら上半身を脱いで、この濡《ぬ》れた服はどうしたものか……と思っていたところで、ガラッとドアが開いて衣緒花《いおか》が顔を出した。

「な、なに⁉」

「あっ……」

「目を逸《そ》らさないでよ、逆に恥ずかしい。スーツに着替えたときは平気だったじゃない」

衣緒花《いおか》は視線を向こうにやったまま、両手を突き出した。

「家の中だと別っていうか……と、とにかく、タオルはそこの収納に入ってます。服はとりあえずこれを着ていてください。私の、ですが」

「うん……」

「脱いだものは洗濯機に入れておいてください。後で洗っておきます」

そう言ってピシャリとドアを閉じる。

バタバタと走る音とガサガサとなにかをする音が奥から聞こえてきたので、僕はいたたまれない気持ちになる。突然家に人をあげるのだ、片付けも必要だろう。とにかくこうなっては仕方がない。あきらめてお風呂《ふろ》に入ることにした。

髪がひどいありさまだったので、やや迷った末にシャンプーも借りることにして、ボディソープで体を洗って流す。洗い上がると、全身から衣緒花《いおか》の匂いがした。

浴槽に浸《つ》かると、ふう、と息が漏れた。

悪魔と炎。衣緒花《いおか》の願い。ロズィと写真。ショーの行方。

考えないといけないことは山ほどあるはずなのに、なにもかもが湯気と一緒に、換気扇の奥に流れていってしまいそうになる。

ともかく、衣緒花《いおか》が僕を家に近づけたがらなかった理由は、これではっきりした。家ではなく、わざわざ学校の屋上でウォーキングの練習をしていた理由も。

いや、考えなくてはならないのは、そんなことではない。

衣緒花《いおか》と、悪魔のことだ。

炎は彼女の願いを叶《かな》えている。

すなわち、炎をあげることで、悪魔は目標に近づいているはずだ。

悪魔は——いや、衣緒花《いおか》は、ショーへの出演を邪魔しようとしたロズィに、明確な敵意を向けていた。

本人が気づかなかった、いや、認められなかった、衣緒花《いおか》の願い。

その答えに、僕はたどり着きつつあった。

彼女の、願いは——

「有葉《あるは》くん」

「うわっ」

突然声をかけられて、僕の思考は強制終了される。

磨《す》りガラスのドアの向こうに、ぼんやりと影が見えた。

「大丈夫ですか？　その、すごく静かだったので」

「うん、溺れたりはしてない……」

「そうですか。なら、いいですけど」

僕はしばらく耳を澄ませて、彼女が脱衣所から出ていくのを確認してから、風呂《ふろ》を出た。

タオルであたたまった体を拭いて、あたりを見回してみる。ドライヤーも探せばどこかにありそうだったが、さすがにいろいろなところを開けたり閉めたりするのは憚《はばか》られたので、タオルで拭くにとどめた。長いわけでもない髪だから、それでもだいたいは乾く。

渡された部屋着は夏用で、上はだぼっとしたTシャツだったが、下はホットパンツだった。太腿《ふともも》が出てしまう短い丈に言葉をなくしていると、さらにその下にボクサーを見つけ、僕は固まる。当然のように女物である。いや、確かに、下着も濡《ぬ》れているけれども。せっかくお湯に浸《つ》かったあとでそれを穿くわけにもいかないけれども。けれども……。

覚悟を決めて、僕は服を着る。僕は居間の様子を窺うが、物音はしない。そのままドアを開けようとして思い直し、ノックした。

すぐに顔を出した衣緒花《いおか》は、思いつめた顔で、僕を中に招き入れた。

彼女もすでに部屋着に着替えていて、とりあえず水気だけでも拭いたのだろう、髪の上にはタオルがかかっている。考えてみれば当然のことだが、衣緒花《いおか》は僕とほとんど同じ格好をしていた。けれど大きすぎるTシャツはずり落ちて、華奢《きゃしゃ》な肩の片方が見えてしまっている。あらわになった太腿《ふともも》から足先まではあまりに眩《まぶ》しくて、僕は意識して目線を上げざるを得なかった。

「その、散らかっていますが、ベッドは空いているので、座っていてください」

僕の奇妙な視線には気づく余裕もない様子で、衣緒花《いおか》は申し訳なさそうにそう促す。

リビングも廊下と同じ有様《ありさま》で、大量のゴミ袋が積まれていた。それでも一応は片付けたのだろう、ベッドの周りに少し空間ができていた。

「なにか?」

「なにも……」

いろいろ言いたいことはあったが、僕はぐっとこらえる。

「……私はお風呂《ふろ》に入ってきます」

僕はうなずいて、言われた通りベッドに腰掛ける。

しかし、いつも衣緒花《いおか》がここで寝ていると思うと、落ち着いてもいられない。遠くにシャワーの音を聞きながら、僕は所在なくあたりを見回した。

室内は荒れ果てていて、ゴミ袋がそこかしこに積み上げられていた。透けて見える中身はなんとなくプラスチックっぽい感じだ。コンビニで買ってきた食事の包装だろうか。部屋の隅には、青い地に数字が入ったダンボールが積み重なっている。引っ越してきたときからそのままなのだとしたら、一年以上この状態だということになる。

キッチンを覗《のぞ》くと、マグカップやらなにやらの洗い物が占領している。コンロの周りが妙に綺麗《きれい》だったので、料理はしていないようだ。腐敗や異臭がないのがせめてもの救いだった。

しばらく待っていると、急に、お手洗いに行きたくなってしまった。

さすがにお風呂《ふろ》に入っている衣緒花《いおか》に声をかけるのははばかられる。

廊下に出ると、さっきは閉まっていたドアが開いていて、中を見て……見えてしまった。

そこには、ぎっしりと、服が並んでいた。

その部屋だけ、それ以外の場所とはまったく異なっていた。透明な衣装ケースの中には整然と服が収納され、幾つもあるハンガーラックは、まるで服屋さんのように整っていた。見たことないくらいたくさんの靴がぴったりと揃《そろ》えられ、棚に並んでいる。

ああ、そうか、と僕は納得する。

この家はまるで、生活のすべてを犠牲にして、服にだけ精力を傾ける、彼女そのものだ。

ここは間違いなく、衣緒花《いおか》の住処《すみか》なのだ。

なら、僕にもできることはある。

僕は引き返すと、意を決して、ゴミ袋を手にした。

■

「お待たせしました……え？」

しばらくしてお風呂《ふろ》場から出てきた衣緒花《いおか》は、部屋を見回して、ぽかんと口を開けた。

「ごめん、少し片付けた」

「そんな、有葉《あるは》くん、どうして」

「大丈夫。もともとゴミはまとめてあったでしょ。それを捨てたのと、洗い物片付けただけだから。大事なものは捨ててないよ。鍵は玄関のところに置いてあったの借りた」

「そ、そうではなくてですね……」

袋の中身はだいたいがプラスチックで軽いものだった。マンションのゴミ捨て場が24時間開いているタイプだったのが幸いだったといえる。洗い物はほとんどがカトラリーとマグカップで、料理をしていないので生ゴミなどもなく、見た目よりはずいぶん楽であった。

「なにも言わずに片付けたんだから、文句ないでしょ？」

「意地悪ですね、有葉《あるは》くん」

衣緒花《いおか》は拗《す》ねたように口を尖《とが》らせる。それを見て、思わず笑みが零《こぼ》れる。

「そこは親切だと言ってほしいね」

「……そうですね、ごめんなさい。ありがとうございます」

彼女は本当にしょげた様子でぺこりと頭を下げた。

「ちなみに掃除機ある？」

「えーっと……多分……」

「そのレベルね……」

衣緒花《いおか》が引っ張り出してきた掃除機は無事に使えそうだったので、ゴミ袋の下にあったホコリやらなにやらをきれいにしてしまう。

そこまでやると、ずいぶん人間が暮らせる雰囲気に近づいた。

衣緒花《いおか》は唇を噛《か》みながら、その様子を黙って見ていた。

掃除機を片付けると、さすがにちょっと疲れを感じる。ふう、と息をついて、ベッドに腰掛けた。

「僕も一人暮らしだから。大変なの、わかるよ」

「う……」

衣緒花《いおか》は短く呻《うめ》く。よほど恥じ入っているのだろう、顔が真っ赤になっている。

僕が片付けに精を出したのは、純粋な親切心だけではないことを、僕は自分でわかっていた。

「……髪飾りのことはごめん」

「そんなこと気にしていたんですか？」

ベッドに腰掛けた彼女の顔に、驚きと呆れが順番に浮かび、それからふと、口元が緩む。

「有葉《あるは》くん、こっち」

衣緒花《いおか》はそう言って、ぽん、と隣に手を置く。僕はそれに従って、フラフラと隣に座る。

彼女は僕の目をまっすぐ見つめて、こう言った。

「そんな顔しないでください。有葉《あるは》くんのせいじゃありません。燃えた私が悪いんです。私が悪い子だから。悪魔に憑《つ》かれるような人間だから、いけなかったんです」

「違う。僕のせいだ。僕がもっと早く、悪魔を祓《はら》えていれば。そうすれば、髪飾りをなくすこともなかったし……君といるところを撮られることもなかった……」

膝に置いた手に、急に温度を感じて、僕は言葉を止める。

衣緒花《いおか》の手が、僕の手に、重ねられていた。

彼女はそこに目を落としたまま、寂しそうに笑う。

「いいんです。むしろ、運命かもしれません」

「どういうこと？」

衣緒花《いおか》は目を伏せると、ゆっくりと語りはじめた。

私、もともと秋田に住んでいたんです。どこにでもいる普通の子……だったと思います。いつも自分に自信がなくて、親に言われたことをやるだけの子供でした。オシャレどころか身だしなみもできてなくて、いつも長くなった前髪の隙間から世界を見ていました。

両親は、私のテストの点数にしか興味がありませんでした。見た目や服に気を遣うことは、むしろ悪いことだとさえ思っていた気がします。テストでいい点を取って当たり前、そうじゃないと怒られる。食べることだけが唯一のストレス解消法というありさまです。

でも中学校に入ったら、オシャレが好きな子がたくさんいて、周りがすごくキラキラして見えて……。でも、自分には関係のないことだと思っていました。

そんなとき、家族で東京に旅行をしたことがあって。まだ小さなお店だったナラテルに、偶然立ち寄ったんです。そのときは、うまく言えませんでしたけど……なにも知らない私にも、これはなにかが違う、ということは伝わってきました。でも、服なんか買ったらなにを言われるかわからないから、こっそりヘアピンを買ったんです。

それが、あの星のヘアピンです。

あのときの私はなにも知らなくて、あのヘアピンがなんの物語をイメージしたものか、いまだにわかりません。でも、すごくキラキラして見えて、私にとっては宝物でした。

旅行から帰った次の日、家を出てからこっそりヘアピンで髪を留めて、学校に行きました。

そしたら、ある友達が褒めてくれたんです。

モデルみたい、って。

気軽なお世辞だったんだと思います。でも、それは私にとっては、世界が変わってしまうくらいの衝撃でした。

だから私は、真に受けて、舞い上がって、調子に乗って……本当にモデルのオーディションにこっそり応募してみたんです。

そうしたら、クラスで一番オシャレな子の、100倍オシャレな子ばかりでした。私なんか場違いで。キラキラ光る星の中に、ひとつだけ、石ころが交じっているみたいな。

その日はオーディションを受けずに、そのまま家に帰ったのを覚えています。

今でも、あのときの気持ちは、うまく言葉にすることができません。悔しい。悲しい。惨《みじ》め。妬ましい。全部そうだと思います。

けれど、はっきり覚えている気持ちがひとつだけあります。

勝ちたい。

それから、私は自分を作り変えることをはじめました。

食事を変えて、運動をして、柔道をはじめて。あとは服屋さんとか本屋さんとか図書館を巡って——今とあまり変わらない感じですね。

当然、成績は下がりました。おとうさんもおかあさんも、ずっと怒っていました。不良になったと言われました。笑っちゃいますよね。悪いことなんて、ひとつもしていないのに。

それでも変わっていく自分が嬉《うれ》しくて。変われば変わるほど、自分が好きになれるような気がして。私は夢中で取り組みました。

1年後、オーディションに再チャレンジしました。

私はもう、石ころではありませんでした。

戦い抜く体を、心を、手に入れていました。

オーディションに合格した私は、モデルとして活動をはじめました。でも田舎でできることなんて、たかが知れています。親の意向で、生まれたときからモデルになることを目指す子たちが、世の中にはたくさんいることを知りました。私は最初から、絶望的に遅れていたんです。

そのときには、もう私の目標は決まっていました。

星のヘアピンを買っていなければ、私はなにかになりたいなんて思わなかった。

だから、いつかナラテルに使ってもらえるモデルになる。

その日が来るまで、誰にも負けない。

そう思いました。

私が本気でモデルをやりたい、と言うと、両親は怒り狂いました。納得させるためには、進学するしかないと思いました。それで必死に勉強して、合格したのが逆巻高校《さかまきこうこう》です。モデル活動には今でも反対ですが、あきらめて進学はさせてくれて、生活のお金も出してくれています。

事務所に入ってからも、必死でやりました。清水《しみず》さんは心配性ですけど、とても優秀です。

その力もあって、私はナラテルのルックブックに出演することができました。

夢は叶《かな》った。そう思いました。

「そしてナラテルがトータルガールズコレクションに出ることがわかって……そこからは、有葉《あるは》くんの知っている通りです」

僕は彼女の話を、静かに聞いていた。

なんども感情があふれそうになるのを、僕はこらえなくてはならなかった。いったい彼女がどんな想《おも》いでナラテルのショーに出ることを目指してきたのか、僕は本当には知らなかった。

そして、あの星の髪飾りが、彼女にとってどんな意味を持っていたのかも。

「本当に、大事なものだったんだね」

「いいんです。言ったでしょう、お守りみたいなものだって。もう必要なくなりましたから」

「そんなわけないだろ！」

「だって、今は──」

衣緒花《いおか》は体をこちらに向けて、重ねた手にぎゅっと力を込める。

それから、ふと我に返ったように目線を逸《そ》らすと、そっと小さく、唇を開いた。

「──有葉《あるは》くんが、いてくれるから」

彼女のために、なにができるのだろうと考えてきた。

結局、僕は今に至るまで、悪魔を祓《はら》うことなんてできていない。それどころか、足を引っ張るばかりだ。彼女をつまずかせてしまった、小さな石ころ。

でも、もしかしたら。

お守りくらいには、なれるといいなと思った。

「……さすがに疲れましたね。もう寝ましょう」

衣緒花《いおか》はそう言って、ぼふりと体をベッドに倒す。

「寝ましょう、って……僕も？」

彼女は少しだけ顔をあげて、僕を見つめる。

長い髪が、シーツに広がっていた。

「選択肢はありません。忘れたんですか。服は洗濯中ですよ」

「あっ」

「乾くのは明日の朝です。その服で外は歩けませんし」

「いや、他の服あるよね？　女ものでも、もうちょっとマシな……」

「嫌です。貸しません」

「衣緒花《いおか》、なんで」

「私が、一緒にいてと、言っているのです……」

彼女はベッドの上で膝を抱いて丸くなると、口を尖《とが》らせた。

「……ひとりになりたくないのが、そんなにいけないことですか」

その仕草に、僕の心は、粉々になってしまいそうだった。あらゆる感情が体の中を駆け巡って、いろいろなところにぶつかっているみたいな感覚。

「いけなくはないけど、だって、どうするんだよ、僕が、その……」

「なにかするつもりなんですか？」

「そうじゃないけど！」

「逆に、私になにかされたらとは、考えないんです？」

「え……」

「いざとなったら私のほうが強いかもしれませんよ」

「その場合は僕も全力で……」

「抵抗するんですか？」

「いや……ええと……」

僕のうろたえる様を見て、衣緒花《いおか》の目が、月のように細められる。

「いいから、寝る準備しましょう。歯ブラシ、新しいやつあります」

僕はすべてをあきらめ、立ち上がって洗面所へ向かう衣緒花《いおか》について行く。彼女がクリームやらなにやらを顔に塗る横で、渡された歯ブラシで歯を磨いた。並んで鏡に映る姿は、なんだか別の世界に入り込んでしまったように現実感がない。

やがて寝支度を終えた衣緒花《いおか》は、ベッドに入った。

「その、僕は、どこで寝るの？」

「ここに決まってるじゃないですか」

そう言って、衣緒花《いおか》は自分の隣をぽんぽんと叩《たた》く。

「床で寝るよ」

「硬くて寝られませんよ。この部屋に予備の寝具があるように見えます？」

僕は黙ってしまった。ソファすらないのに、そんなものあるわけない。さっきこの部屋を片付けたのだ、探さなくてもわかる。

「いいから来てください。ほら」

「う……」

逡巡《しゅんじゅん》するが、僕もへとへとだった。

疲労が理性に勝つ。

僕は黙って、彼女の隣に入り込んだ。

ベッドはすでに、衣緒花《いおか》の体温であたたかかった。

僕が入ると、狭いベッドはいっぱいになる。目を伏せる彼女の顔が、すぐそこにあった。

衣緒花《いおか》が枕元に手を伸ばして、照明のリモコンを操作する。ピッ、という電子音と一緒に、ふっと照明が落ちた。

「……それじゃ、おやすみなさい」

彼女は寝返りを打って、僕に背を向ける。

しばらくそのままの姿勢でいたが。

眠れるわけがなかった。

寝返りを打つことすらはばかられ、僕は気をつけの姿勢で身を固くしているしかなかった。

息をするたび、体の中が彼女の香りでいっぱいになってしまう。

永遠にも思える時間をそうして過ごした後、衣緒花《いおか》のささやく声が聞こえた。

「ねぇ、まだ起きてます？」

「うん」

返事を聞いて、彼女はもぞもぞとこちらを向く。

「その……」

「どうしたの？」

「いえ、なんていうか……」

「写真のこと、心配だよね。明日なんとかロズィを説得して──」

「そうじゃなくて、いや、それはそうなんですけど……」

しばらく逡巡《しゅんじゅん》してから、意を決したように衣緒花《いおか》は切り出す。

「有葉《あるは》くんは、どうして一緒にいてくれるんですか？」

僕は質問の意味をはかりかねていた。

「だって、私……燃えて、ずぶ濡《ぬ》れで、家だってこの有様《ありさま》で……悪魔に憑《つ》かれている女なんて、もう関わらないほうがいいと思いませんか？」

「それは──」

いろいろな答えが、頭の中を駆け巡った。

流れるような髪が、目の前にあって。

衣緒花《いおか》のすべてが、手を伸ばせば触れられる場所にあった。

自分の中にこんなに強い欲望があるなんて思ってもみなくて、僕は自分で、とても驚いていた。その気持ちは今にも爆発してしまいそうな圧力で、体にヒビが入ってしまいそうだ。

近づけば近づくほど、もっと近づきたいと思う。知りたいと思う。抗《あらが》いがたい力によって、僕は彼女に落下していく。まるで墜落する隕石《いんせき》──流れ星のように。

けれど、だからこそ、今選べる答えは、ひとつだけだった。

「――僕は君の、エクソシストだから」

「そう、ですか」

衣緒花《いおか》は少しためらってから、そう答えて。

僕はそんな彼女を直視できなくて、背を向けてしまう。

衣緒花《いおか》の願いがなんなのか、僕は答えを得ていた。

僕がエクソシストだというのなら、本当は今すぐにでも願いを明らかにし、それが正しい答えなのか、確かめるべきだった。

悪魔は、自分では気づいていない願いを、代わりに叶《かな》えている。切実な、叶《かな》わぬ願い。それは青春だと佐伊《さい》さんは言った。僕も衣緒花《いおか》も、多分その言葉の響きに騙《だま》されている。

悪魔が叶《かな》える願いが、美しいものであるはずがない。

それは自分の中で、もっとも汚く、そして醜い欲望なのだ。

けれどそれを、今の衣緒花《いおか》に突きつけることは、僕にはできなかった。

弱った彼女を、これ以上傷つけないため？

それも本心だ。

けれど半分は、そう――自分のためだ。

いつか祓《はら》わなければならないことはわかっている。

でも祓《はら》ってしまえば、僕はもうエクソシストではなくなる。

どこにでもいる、路傍の石に戻ってしまう。

今、この瞬間だけは、ここにいたい。そう、思ってしまった。

僕は漏れ出しそうになる気持ちを、欲望を、願いを、体の中に押し込める。

うっかり破裂してしまわないように、体に入ったヒビを、丁寧に塗り込めていく。

しばらくそうして身を固くしていたが、やがて、背中にやわらかい感触を受ける。

驚きに跳ね上がらないよう必死で自分を押さえつけながら、ゆっくり首を回して様子を窺うと、僕に抱きついて、目を閉じて寝息を立てる衣緒花《いおか》が目に入った。

いつも使っているであろう抱き枕が、端に寄せられているのも。

人の気も知らないで、と悲鳴をあげそうになるが、それは八つ当たりというものだ。

自分に言い聞かせる。

僕はただ、ここにいるだけだ。それ以上にはならない。

重力に引かれて星に近づきすぎた石ころは、必ず燃え尽きてしまうのだから。

■

「わっ！」

目が覚めてから、自分がどこにいるのか理解するのに、時間がかかった。

隣に衣緒花《いおか》が寝ているのを見て、思わず悲鳴をあげてしまう。

彼女はまだ眠っていた。ひと目見てわかるほど寝相は最悪で、掛《か》け布団《ぶとん》ははね上げているし、下半身はベッドからほとんど落ちている。

「んーん……」

僕が起きたのに気づいたのか、眉を寄せて、不快そうに唸《うな》る。それからその表情のまま首を傾け、目を薄く開けた。

「おはよ、あるはくん……」

言っているそばから目が閉じそうだ。

「眠そうだね」

「だいじょぶです、よくねまひた……」

「今日はなにか、仕事とかあるの？」

「ない、でふ」

あまりの寝起きの悪さに、僕は思わず笑いそうになる。今日は日曜日なので学校もない。モデルのほうの用事がないなら、急いで起きる必要もなかった。

「なら寝てなよ」

「ふぁい……」

彼女はマシュマロみたいにふわふわした返事をすると、ぼすんと音を立てて頭を落とす。

ずいぶん疲れているのか、もともと寝起きが悪いのか。なんとなく、後者だという気がした。それなのに毎朝起きて走り込んでいたのだから、まったくとてつもない自制心だ。

自分の服を取りに行くと、もうすっかり乾いていた。袖を通すと、ようやくいろいろな意味で、自分を取り戻した気がする。

僕は忍び足でキッチンに行くと、そっと冷蔵庫を開けてみるが、案の定、まともな食材はほとんどない。

「なにか買ってくるか」

僕は玄関に置いてある鍵を持って、家を出た。

いつもと違う場所で朝日を浴びると、なんだか自分が違う人間になったみたいに感じた。スマートフォンで地図を見たところ、近くにスーパーがあるらしい。とりあえずそこに行ってみようと足を向ける。

それほど早い時間ではなかったものの、休日の朝は、ほとんど人がいない。みんなまだゆっくり寝ているか、テレビでも見ながら一日の予定について考えているところなのだろう。

家々の暮らしに思いを馳《は》せながら、公園の隣を通りかかったとき。

見覚えのある姿が、ブランコに座っているのが目に留まる。

その存在感は、見間違いようもない。

「え……ロズィ⁉」

「げ、カレシの人」

ロズィは露骨に嫌そうな顔をする。

「有葉《あるは》だよ。在原有葉《ありはらあるは》。なんで君がここに……」

「こっちのセリフだし。ひょっとして、イオカの家泊まったの？　やっぱカレシなんじゃん！」

僕は警戒するが、ロズィはどうもあっけらかんとしている。なんなんだ、いったい。

「写真！　消してもらうから！　どこかに送ってたら承知しないよ！」

う、と短く呻《うめ》いて、ロズィは視線を逸《そ》らした。

「それ、なんだけど。シイトにすっごい怒られた……」

「そりゃそうだ」

僕はそれを聞いて、拍子抜けしてしまった。僕は清水《しみず》さんの顔を思い出す。すでに手は打たれていたわけだ。

「それで、ロズィ、ごめんなさいしに来たの。謝るまで帰ってくるなって」

口を尖《とが》らせながらもしおらしく俯《うつむ》くロズィに、僕は肩透かしを食う。反省している、ということだろうか。

「……そうしなよ。衣緒花《いおか》、呼んでくるからさ」

「やだよ！　だってイオカずるいもん！　ロズィは悪くない！」

どうやらまったく反省していなかった。

「努力で勝ち抜いたことのなにがずるいんだ」

「あーやだやだ。オレのオンナをディスるなってことでしょ？　ホントそういうの信じらんない。あれでしょ、なんだっけ、そう、エコヒイキ！　どうせカレシはイオカの味方なんだ。もういいよ。ロズィの味方なんてどこにもいないもん。どうせひとりぼっちなんだもん。本当は……本当は、ロズィが選ばれるはずだったのに」

反論しようと口を開いた僕の耳は、しかし聞き逃せない言葉を捉える。

「どういうこと？」

「ロズィ、知ってるもん。なんでイオカが選ばれたのか」

「どうして？」

「イオカが、人形だから」

「……人形？」

「最後はロズィとイオカが残ってたんだよ。でもテルタはイオカを選んだ。それはイオカが、どこにでもいる人形だからだって！」

畳み掛けるように、ロズィは続ける。

「こういうこと前にもあったもん。背が高すぎるから、個性が強すぎるから、他と揃《そろ》わないからって外された！　ずるいじゃん、ロズィがどれだけがんばったって、そんなの変えられないのに。ロズィは……ロズィはどうすればいいの？　どうすればよかったの？」

僕には、モデルの世界のことはわからない。

それはもしかしたら、よくあることなのかもしれない。当たり前のことなのかもしれない。

仕方のないことなのかもしれない。

見た目にかかわる仕事だ。映画の俳優だって、合う役柄にキャスティングされるだろう。それと一緒だ。憤《いきどお》るのが筋違いなのだ。

僕はそう言い返すこともできた。

けれど、だとしても。

僕にはロズィの気持ちがよくわかる。わかってしまう。

同じ席を手にするために努力してきた人を、とてもよく知っているから。

もし、逆の立場だったら。

衣緒花《いおか》が同じ理由で、その座を逃していたとしたら。

僕はそれを、当然だなんて言わなかっただろう。

「ロズィのほうが絶対すごいウォーキングできる。みんなの目を釘付《くぎづ》けにできる。カレシだって見てたでしょ？　イオカなんか……イオカなんか、歩いてるだけのマネキンじゃん！」

反論しようとするが、言葉が出てこなかった。

理由は明白だ。

心の中で、認めてしまっていたからだ。

確かに衣緒花《いおか》より、ロズィのほうが、鮮烈だったと。

「ロズィはなにも悪いことしてない。取られたものを取り返そうとしただけだよ。なのになんで怒られないといけないの？　そんなの不公平だよ！　なんで？　答えてよ。ねぇ！」

ロズィは僕の肩を摑《つか》んで、激しく揺すった。

がくがくと揺れながら、それでも僕は言い返す。

「だからって、写真を撮って、バラ撒《ま》こうとするなんて……そんなふうに人を傷つけていいことになんてならない！」

「でも……だって……！」

「衣緒花《いおか》だって全力で努力してきたんだ。僕はそれをずっと見てきた。たくさん練習して、服のことばかり考えて。全部が公平かなんて、僕にはわからないけど……だとしても、そんなやり方は間違ってる！」

そのうち、僕を揺する力は、だんだんと弱まって。

「うわああああああああああああん！」

大きな声をあげて、ロズィは泣き出した。

それで思い出す。

僕より背が高くたって、どんなに大人っぽく見えたって、才能あるモデルだって。

この子はまだ、中学生なのだ。

僕は、黙って彼女の背中をさすった。

ロズィのしたことが、正しいとは思わない。

なら、衣緒花《いおか》が選ばれたことは、正しかったのだろうか。

ロズィの悲しみは、怒りは、間違っているのだろうか。

結果がすべてだ、という、衣緒花《いおか》の言葉を思い出す。

だとしても……これは、正しい結果なのだろうか。

「今の、本当ですか」

突然響いた声に、僕とロズィは振り向く。

そうであってほしくないという気持ちを、視界は裏切る。

そこに立っていたのは、衣緒花《いおか》だった。

「衣緒花《いおか》、なんで……」

「起きて、有葉《あるは》くんがいないから、探しに来たんです。それより、今の話」

「本当だよ。ロズィ、嘘《うそ》言わないもん。オーディションの後、デザイナーの人のところに、えっと、ナグリコミ？　聞きに行ったんだもん！」

すべて、聞いていたのだろうか。

ロズィがきゅっと僕の袖を摑《つか》む。

僕は、それを振り払うことが、できなかった。

衣緒花《いおか》はつかつかと近づき、僕に詰め寄る。

「有葉《あるは》くんは、なんでロズィといるんですか。なにしてたんですか」

「これは、たまたま……」

「カレシはロズィの話、聞いてくれたもん！　慰めてくれたもん！　撫《な》でてくれたもん！」

バシッ、という音がした。僕を摑《つか》むロズィの手を、衣緒花《いおか》が勢いよく叩《たた》き落《お》とした音。

「痛い！　なにするの！」

「有葉《あるは》くんに近寄らないでください」

「別にイオカのじゃないじゃん！　付き合ってないんでしょ！」

「なんであなたにそんなことわかるんですか！」

「カレシがさっき言ってたし！」

「衣緒花《いおか》！　今のは……今のはやりすぎだよ」

僕の中で、疑念が大きくなり、確信は深まっていく。

彼女の願い。

その答え。

それでも僕はまだ、見てみぬふりをしようとしていた。

衣緒花《いおか》の鋭い声が、今度は僕に嚙《か》み付《つ》く。

「有葉《あるは》くん、否定しなかったですよね。有葉《あるは》くんも、私が選ばれたのは実力じゃないって、そう思うんですか」

「そんなことないに決まってるじゃないか」

「嘘《うそ》つき」

「嘘《うそ》じゃない」

　彼女の声は、今にも崩れ落ちそうなほど、震えていた。

「……有葉《あるは》くん。私、知ってました。ナラテルの写真。本当は、ロズィのほうがいいと思っていたでしょう」

「それは……」

「オーディションだってそうです。有葉《あるは》くん、またチャンスはあるって……それって、ロズィが受かると思ってたってことじゃないですか！」

「違う、僕は……」

　その言葉は、ごうっ、という音にかき消された。

　光が目を灼《や》き、体を熱風が襲う。

「危ない！」

　僕はとっさに、ロズィを庇《かば》う。

　しかし、衣緒花《いおか》の手から吹き出した炎に、吹き飛ばされる。

僕はブランコの柵に体を打ちつけ、砂の上に落ちる。

「ぐっ……」

ざらっとした感触が、口の中に広がった。

「なにこれ⁉　あのときと一緒……ホント、なんなの⁉」

戸惑いへたりこむロズィに、衣緒花《いおか》は近づく。

その体を、燃え盛らせたまま。

「衣緒花《いおか》、落ち着いて！　なにか、食べ物……！」

僕はポケットを探る。なにもない。当たり前だ。食べ物がないから、ここに来たのだ。

「ひ、熱い！　た、助けて！」

衣緒花《いおか》は炎をまとった腕で、ロズィの首を摑む。

ありえない腕力だった。

片手でロズィの長身が持ち上がっている。

聞いたことのない音が、ロズィの首から聞こえる。

「い……ぎ……」

「ロズィ。あなたのことはずっと気に入らなかったんです。いつだって自分だけ特別みたいな顔をして。不公平？　笑わせないでください。金色の髪。青い目。高い身長。個性。それに自信。あなたはそれを、努力で勝ち取ったんですか？」

様子がおかしい。これまでは、唸《うな》り声を発していた。我を失いそうになっていた。なのに今は、はっきりと意志を持っている。言葉を話している。

「私は違います。私は……ぜんぶ自分の力で勝ち取ってみせる！」

そのとき、気づいてしまった。

炎に影はない。

だから、炎を発する彼女自身にも、影はない。そのはずだ。

なのに、あるはずのないものがあって。

絶対に、あるはずのないかたちをしていた。

彼女の影は、トカゲの形をしていた。

間違いない。

症状が、進んでいる。それも、飛躍的に。

「やめるんだ、衣緒花《いおか》！」

僕は叫ぶ。

「彼女は……ロズィは悪くない！　このままだと……」

衣緒花《いおか》はロズィを掲げたまま、僕を見る。

その目は、燃えているはずなのに、凍《い》てつくように冷たい。

「ひ……」

ロズィの短い悲鳴が聞こえた。

炎が、彼女に燃え移りつつある。

「……ごめん。僕のせいだ。やっぱり、昨日祓《はら》っておくべきだった。僕は逃げたんだ。悪魔から……いや、君から」

あるいは多分、現実を突きつける、責任から。

「なにを言っているんです？」

「衣緒花《いおか》。君の願い、わかったんだ」

僕は目を閉じて、深呼吸する。

決断のための時間は、数秒しかなかった。

本当は覚悟なんてできていない。

けれどこれは、もう終わっていなければならなかったことなのだ。

「……君が炎をあげたのは、僕が知る限り、これで六回だ。一回目、君は屋上で僕に見つかった。二回目、僕は秘密を突きつけた。三回目、ロズィと口喧嘩をした。四回目はオーディション会場、五回目は写真だ。そして六回目の今。すべてに共通点がある。どれも目の前に相手がいた。そしてその相手が、君のじゃまをしていた」

衣緒花《いおか》の表情は、変わらない。聞いていると信じて、僕は先を続ける。

「君はナラテルのショーに出たかった。だから努力してきた。でも、どんなにがんばったって、関係ないところから邪魔が入れば、結果には結びつかない。なにもかもが無駄に終わる。君はそれが許せなかったんだ。だから君は――」

認めなくてはならない。エクソシストとして衣緒花《いおか》と過ごした日々は、満たされていた。それはずっと、僕が欲しかったものだった。

でも、もう終わりにしなくてはならない。

エクソシストになったのなら、エクソシストでなくてはならない。

悪魔によってはじまったことは、悪魔と共に終わる。

「――邪魔なものをすべて、燃やしたかったんだよ。自分が勝つために」

衣緒花《いおか》の手が、緩む。

砂の上に、ロズィがどさりと落ちた。彼女は苦しそうに咳《せ》き込んでいる。

「有葉《あるは》くん。本気で言ってるんですか」

そして、その燃える瞳は、僕に向く。

「私が、自分のために、勝つために、成功するために。他人を傷つけて、燃やして、殺すって、そう願ってるって、本気で思うんですか」

「違うんだ、それくらい、君は真剣で……」

「なにも違わないじゃないですか！」

彼女は叫ぶ。

「有葉《あるは》くんは！　私が！　そういう人間だって、そう思ってるんでしょう！　ずっと……ずっとそう思ってたんでしょう！」

その口《くち》の端《はし》から、炎が漏れる。

「悪魔を祓《はら》うって言ってくれた。いつも心配してくれた。話を聞いてくれて嬉《うれ》しかった。私のこと、わかってくれたって思った。昨日の夜、すごくよく眠れたの。有葉《あるは》くんがそばにいてくれたから！」

その目に流れているのは、涙ではなかった。

頰を撫《な》でる軌跡を描いて落ちるのは、小さな炎だった。

「でもあなたは、エクソシストだから一緒にいてくれたんでしょう。私よりかわいそうな子がいたら、そっちを助けるんでしょう。私より才能がある子がいたら、そっちのほうがいいんでしょう。わかってます。誰も私のことなんか見てくれない。特別なんかじゃない。どうせ、どうせ私は、どこにでもいる、人形なんです！」

「そんなことない！」

「ならどうして有葉《あるは》くんは、私じゃなくて、ロズィの味方をするんですか！」

「敵とか味方とか、そういうことじゃないだろ！」

「なら止めないでください！　ロズィがいなくなったら、私の夢は叶うんですよ！」

自分の言葉に、彼女はハッと息を吞《の》んだ。

そうだ。

衣緒花《いおか》は認めてしまった。

自分の願いを。欲望を。

「衣緒花《いおか》。君が人を傷つけるっていうのなら……僕は、君の味方は、できない」

僕は彼女から、目を逸《そ》らした。

「願いは突き止めた。きっと悪魔は、これでもう祓《はら》える。それで終わりにしよう」

「有葉《あるは》くん、なにを言って……」

僕は座り込んだままのロズィに手を貸して、彼女は困惑しながらも立ち上がる。

そして衣緒花《いおか》に向き直ると、口を開いた。

「あのね、イオカ。ロズィ、謝りに来たんだ」

「今更なにを……」

「ロズィね、ずっとイオカのこと、ズルいと思ってた。うまく仕事にも馴染《なじ》めて、友達もできて、ニホンの普通の子で、そんなのズルいって。ロズィはみんなと違うから、ロズィにはモデルしかないと思ったから。それまで取っていっちゃうんだって。それなら、ロズィだってズルしてもいいって……」

涙をこらえながら、ロズィは続ける。

「でも、ちょっと違ったみたい。イオカだってがんばってて……別にズルしてないもんね。いっぱい嫌なことしてごめん。もう邪魔しない。選ばれたのは、イオカだから……ショーには、イオカが出なよ」

「っ……！」

ふたりの瞳が、まっすぐに通じる。

ぽん、という破裂音がして。

炎は、一瞬で消えた。

「あ……そんな……本当に……祓《はら》えて……なんで……」

衣緒花《いおか》は、その場に崩れ落ちた。

「そんなこと……私……願って……！」

彼女にはわかっている。

これが、僕の言った願いが正しかった、なによりの証拠だと。

「悪魔。聞こえているか知らないけどさ。これでもう、誰も彼女の邪魔をしない。お前の助けは、もういらない」

そして、僕の助けも、もういらないはずだ。

「有葉《あるは》くん、待って、私……」

僕は振り向かず、ロズィと共に、歩き出した。

「じゃあね、衣緒花《いおか》」

それ以上は、うまく声にならなかった。
多分、もう会うことはない。
背中に彼女の嗚咽《おえつ》を聞きながら、ロズィと一緒に、僕はその場を後にする。
認めたくない、けれど、認めざるを得なかった。
なにかになりたい、という願いが、妬みを、焦《あせ》りを、歪《ゆが》みを呼んだ。
そしてそれは、悪魔によって実現してしまった。
炎という形で。
だとしたら。
青春は罪なのだろうか。
これが衣緒花《いおか》の罰なのだろうか。
だとしても。
これでもう、悪魔はきっといなくなる。罪はそそがれる。
衣緒花《いおか》は、正しく願いを叶《かな》える。自分の手で。
それでいい。
僕がこれ以上、彼女のそばにいる必要はない。
自分の靴が小さな石を蹴飛ばしたことに、僕は気づかないふりをした。

第8章

ひとりぼっちのストロベリーリング

AOHAL DEVIL

「おっはよー、カーレシ！　ねぇねぇ、なにしてたの？　ロズィはねー、これから体育！　でもさー体操服なんか着たらさー、ロズィの体があまりに綺麗《きれい》すぎてー、体育じゃなくて美術の授業になっちゃうよねー。え？　見たい？　もーカレシったら！　今度ふたりっきりのときにね！　そんでさーぁ！」

朝の教室。

僕の机の上には、ロズィが座っていた。我が物顔で脚を組み、ひっきりなしに僕に話しかけてくる。

なぜこうなってしまったのか、と考えを巡らせるが、よい答えは出てこない。

しかし、はっきりしている事実がひとつある。それは、ロズィが実はこの学校の中等部の生徒だったということだ。

彼女は突然現れたのではなく、校舎の別の棟にずっといたわけだ。そのことを、僕が知らなかっただけで。

もちろん、それはロズィがわざわざ高等部に来て、僕の机を椅子として専有している理由には一切なっていない。

「なんでここに来るのさ……」

「だってカレシの連絡先知らなかったんだもん。話したかったら教室に来るしかないじゃん」

「僕は君とは関係ない」

「関係あるもん。ロズィのことイオカから守ってくれたじゃん」

「あれは……誰だってそうするよ」

「イオカよりロズィのほうがいいって思ってたんでしょ？　イオカ言ってたもん」

「いや、そういうわけじゃ」

「違うの？　ならなんでイオカ怒ってたの？」

「もうやめてよ。その話は今ここでは……」

「じゃ、後ならいいんだ？」

「そんなことは言ってない！」

「放課後迎えに来るからね！　あれ、でもロズィのほうが早く授業終わる？　まあいっか。待ってるよ、カレシ！」

嵐のように去っていった彼女が残していったのは、廃墟《はいきょ》のようになった僕と、汚泥《おでい》を見るような三雨《みう》の目線だけだった。

「ごめん有葉《あるは》、ちょっと、あまりに声デカいからさ、全部聞こえちゃってたんだけど」

「うん……三雨《みう》に罪はない……」

「ホントに、どういう状況なわけ？」

「僕にもわからない」

「エリック・クラプトンとジョージ・ハリスン的な感じ？　あ、もちろんこの場合、レイラは有葉《あるは》だけど」

「むしろわからなさが深まったな」

「ていうか、衣緒花《いおか》ちゃんはどうなったの？」

「それは……あまりに長い話になる……」

あれから、衣緒花《いおか》とは会っていなかった。かろうじてブロックされているわけではなかったが、連絡は一切途絶えていた。本来であれば、僕から連絡をすべきなのだと思う。けれど、なんと言ったらいいものかわからなかった。

僕は衣緒花《いおか》を、裏切ってしまった。

そして最悪の形で、エクソシストとしての役目を終えた。

悪魔は祓《はら》えた。しかし、僕はその代償に、衣緒花《いおか》との関係を永遠に失ってしまった。

いや、それはあまりにも自分に都合のいい理解だ。

悪魔を祓《はら》った代償に、ではない。

単に僕が事実を誤魔化し、問題を先延ばしにしたからだ。自分のために。

そしてロズィは、あれからずっとつきまとってくるようになった。

たとえであっても、衣緒花《いおか》と入れ替わるように、と言いたくない自分がいる。彼女にとって僕がどういう存在なのかははかりかねる。僕は彼女のエクソシストでもなんでもないというのに。

そう、僕は衣緒花《いおか》のエクソシストだ。いや、だった。それ以上でもそれ以下でもない。役目を果たしたのだから、あとは平穏な日常に戻ればいい。元の通りに。

なにより望んでいたことだ。

……そのはずだ。

なのにロズィは——いや、僕自身が、元に戻ることを許してくれない。

あまりにも強い熱で、僕は心まで歪《ゆが》んでしまったのだろうか。

窓の外では、どんな炎も消してしまいそうな、雨が降っていた。

■

放課後、本当に姿を現したロズィに連れて行かれたのは、ミスタードーナツだった。

トレイを手に取ったものの、頭が重くてなにも選ぶことができないまま立ちすくむ。そんな僕を余所《よそ》に、ロズィは聞いたことのない曲を鼻歌で歌いながら、ドーナツを山積みにしていた。着たままの鮮やかな黄色いレインコートが、ピンクのドーナツと鮮やかなコントラストを描いている。

「それ、好きなんだね」

他に言うことが思い浮かばず、目の前の光景にとりあえず反応する。

「ダムダムのドーナツに似てるから」

「ガンダム？」

「ダム《du》・ダム《du》。ロンドンのドーナツ屋さん。気に入ってたの。パパがたまに買ってくれたから。でもロズィ、ニホンのドーナツのほうが好きだな。安いのに高い味するし」

そこまで言って、彼女は僕のトレイが空であることに気づく。

「なに、あんまり来たことないの？　これおいしいよ。はい」

そう言って僕のトレイにストロベリーリングを置くと、自分はさっさと会計を済ませ、席に陣取る。僕は考えるのをやめて、ロズィと同じドーナツが載ったトレイをレジに持っていく。

僕が向かいに座ろうとすると、レインコートを脱いでソファに座ったロズィは、自分の隣をぽんぽんと叩《たた》いた。四人がけの席で並ぶのは不自然な気もしたが、抗《あらが》う気力もなく、指示のとおりに隣に腰をかける。

「雨すごいね。ロズィ、ニホンの雨キライ。重いもん」

　窓の外を見ながら、彼女はドーナツを頬張り始めた。ピンクの細かい欠片《かけら》が、皿の上に落ちる。それを聞いて、僕は彼女の出自を実感する。

「ロズィは、イギリスから来たんだっけ」

「うん。ダディは今もイギリスだよ。マーリン《Merlin》？　モルガン《Morgan》？　だかなんだかでよくわかんない仕事してて、ロズィはマミィと暮らしてるんだ。マミィ忙しいからあんま家にいないけど」

「へぇ。じゃ、お母さんについて日本に来たの？」

「ううん。逆。ロズィね、お兄ちゃんふたり、お姉ちゃんふたりいて、みんなウェストミンスター《Westminster》なの。でもロズィ、ちょっと正直すぎるとこあるでしょ？」

「否定しない」

「本当はもっと、周りと仲良くしないといけなかったんだけど、ゼンゼン上手にできなくて、ダディに怒られてばっかでさ。それでマミィがニホンに連れてきてくれたんだ」

「そうなんだ……」

　固有名詞だけ発音が英語で、うまく聞き取れない。細かい部分はよくわからなかったが、要は母親とふたりで日本に来たということらしい。日本語が達者なのは、母親の影響だろうか。いずれにしても、ずいぶん大変そうだ。

　僕が心配そうな表情をしていたのか、ロズィは先回りして答える。

「でも大丈夫だよ。マミィとダディ、もともと仲悪かったし、マミィもニホンでカレシいるし。

ロズィもニホン来てみたかったから。学校のやつらはガキだから嫌いだけど」

ロズィはあっけらかんと話しているが、けっこう複雑そうな感じがする。ロズィの見た目はどうあっても目立つし、その上この性格なら、学校でも馴染《なじ》むのは難しいのかもしれない。

話をする間にも、ドーナツは次から次へと消えていく。僕はその光景を、別の誰かと結びつけずにはいられなかった。

「失礼なこと聞くようだけどさ。太ったりしないの？」

「え？　なんで？」

「いや、カロリーすごそうだから」

「あー、なんか食べると太る人いるっていうよね。聞いたことある」

「はは……」

乾いた笑いが出る。

モデルの才能というのがどういうものなのか、はっきりわかっているわけではないけれど。食べても太らない体質なのだとしたら、それは間違いなく才能のひとつだろう。

「ロズィのことばっかり聞くんだね」

「え？」

「カレシはイオカのこと知りたいから来てくれたんだと思ってた」

当たり前のように述べられたその言葉は、刃物のような切れ味で僕を裂いた。

「なんでみんな、僕と衣緒花《いおか》のことをそんな風に言うんだ」

ロズィの口から、ぽろりとドーナツが落ちた。

「カレシさあ。本気で言ってるの？　見たらわかるよ。みんなわかってると思うよ」

「わかるって、なにが」

彼女はため息をついて、皿の上に落ちたドーナツの破片を拾って口に放り込む。

「うーん、そっかー、そういう感じかー。でも、これってうまくいけばロズィもあれだよね、えーと、ほら、ミャクアリ？」

「脈はない。心停止だよ」

「シンテイシってなに？」

「ごめん、なんでもない。……衣緒花《いおか》は、どうしてる？」

僕は観念して、彼女の言った通りの質問をする。

「うーん、ホントはよくわかんないんだ。多分、ショーの準備してると思う」

結局ロズィはそれ以上結果に異を唱えることはせず、デザイナーにも謝罪をしたらしい。

すなわち、ショーに出るのは、衣緒花《いおか》だ。

それは、彼女にとっては悲願に他ならない。

「ロズィはさ。それでよかったの？」

彼女はドーナツを頬張ったまま、少し笑った。

「ロズィ、イオカの様子、ちょっと見たんだけど……あれには勝てないよ。なんていうか、怖いくらい。もし、そこまで見抜いてイオカにしたんだったらさ。選んだ人、すごいなって思っちゃった」

僕はそれを聞いて、複雑な気持ちになる。

心のどこかで、僕がいることが、彼女の役に立っているのではないかと思っていた。しかし、それは僕の自分勝手な願望にすぎない。やはり、僕はもう役割を終えていて、彼女には必要ないのだろう。

「ねぇ。ロズィは話したんだからさ。カレシも教えてよ」

彼女が距離を詰めてきて、太腿《ふともも》が触れる。

「イオカ、なんで燃えてたの？」

ロズィも巻き込まれて、危ないところだったのだ。少なくともあれがなんなのかくらいは、知る権利はあると思った。

僕は最低限の情報を、かいつまんでロズィに話した。

一通り僕の話を聞くと、ロズィは何度も深く頷《うなず》く。

「そっか。悪魔ねー」

「信じてくれるの？」

彼女が僕の話をすんなり飲み込んだことは、かなり意外だった。荒唐無稽な話にしか聞こえないはずだ。当事者の衣緒花《いおか》でさえ、最初は半信半疑だったというのに。

「お兄ちゃんが一時期、なんかやばくて。病院とかいろいろ行ったんだけどダメで、最後は教会に行ったんだ。ダディも最初ぜんぜん信じてなかったけど、それですっかりよくなっちゃったから。だからそういうこともあるのかもなって」

「待って。お兄さんに悪魔が憑《つ》いて、エクソシストに祓《はら》ってもらった、ってこと？」

「うーん、そんな感じ？」

そういえば、佐伊《さい》さんは今頃イギリスなんだったなと思い出す。そちらでは、意外と身近な存在なのだろうか。

「でも、悪魔って気持ちの問題なんでしょ？　教会の人が言ってた」

「う、うーん、まあ、そうなのかな……？」

あまりにもざっくりしている気もするが、間違っているとも言えない。

「だからロズィね、自分に嘘《うそ》つかないことにしてるんだ。腹立ったら怒るし。悲しかったら泣くし。シイトにはお行儀よくしなさいって叱られるけど。そしたらさ、本当はこうなりたいのに！　とかあんまり思わなくていいでしょ。悪魔とかこわいもん」

僕は驚いてしまった。その教会とやらが佐伊《さい》さんの言うのと同じ理屈で悪魔を捉えているのかはわからないが、なんとなく、理屈は通っている気がする。

「それでちょっと悪い子しちゃったけど……でも、イオカにごめんなさいしたのは、ごめんなさいって思ったからだよ」

彼女はそう言って、うっすらと赤くなった首をさすった。

ロズィが衣緒花《いおか》を強引な方法で潰そうとしていなければ、衣緒花《いおか》に焼かれそうになることもなかった。その意味では、報いは受けたのだろう。

「やけど、痕、残らないといいね」

「これくらいなら、たぶん大丈夫。でも……」

「でも？」

真剣な顔をして、ロズィは僕を見つめた。

「助けてくれなかったら、ロズィ、もうモデルできなくなってた。だから、ありがと」

感謝なんて、する必要ないと思った。

ロズィのしたことは、少なくともよいことではなかっただろう。

もし彼女があの写真をバラ撒《ま》いていたら、衣緒花《いおか》のモデル生命は終わっていたかもしれない。

だからといって、ロズィが傷ついてもいいとは、どうしても思えなかった。

それだけのことだ。

「で、カレシはどうするの？」

気がつくと、ロズィはすっかりドーナツを平らげていた。僕に聞きながら、ペーパーナプキンで口を拭いている。粗野なようでいて細かい所作が妙に上品なところに、育ちのよさを感じさせられる。

「どうもしないよ。もう悪魔は祓《はら》えた。あとは衣緒花《いおか》がショーに出て、モデルとして活躍していけばいい。それに……」

「それに？」

「カレシ、っていうの、やめてよ。僕はそういうんじゃない。たまたまエクソシストの役割をすることになっただけだから」

「ふーん」

長い指先を唇に当てて、ロズィはしばらく考える。

「ねぇ、カレシはイオカのカレシじゃないんでしょ」

「そうだって何度も言ってるじゃないか」

「ロズィのカレシにはならないの？」

「は？」

思わず奇声を発してしまった。

「いいじゃん。ロズィのカレシになってよ」

ロズィは僕の袖をぐいぐいと引っ張る。

「いや、でも、君は中学生だから」

「え、なにそれ。じゃイオカが中学生だったら好きにならなかったの？」

「衣緒花《いおか》は衣緒花《いおか》だから、歳《とし》とか関係ない……いやそもそも好きとかそういうんじゃないし」

「えー、好きでもないオンナのためにあんなカラダ張ってたの？　逆に変じゃない？」

「そ、それはともかくさ。僕はロズィのことなにも知らないし、ロズィだって僕のことなにも知らないでしょ」

「じゃ、イオカのことは全部知ってるの？」

「それは……」

全部なんて、知るわけがない。

今彼女がどうしているかも、わからないのに。

僕の心が揺れたのを敏感に察知して、ロズィは踏み込んでくる。

「いいじゃん。フラれたんでしょ。ロズィのカレシになってみなよ。ロズィはね、カレシのこと、けっこう好きだよ。話聞いてくれるし、バカにしないし、オトナだし、助けてくれたし」

当たり前のことじゃないか、と言おうとして、僕は口を閉ざす。多分、それは逆なのだ。彼女はこれまで、そういうことが当たり前の関係の中にいなかった。ケンカになった、と彼女は言った。今、どんな気持ちで、彼女はここに、日本にいるのだろう。

「カレシだって嬉《うれ》しいでしょ？　ロズィかわいいもん」

「……そんな無責任なこと、できない」

「ロズィのこと、これからいっぱい教えてあげる。それでダメだったらやめればいいじゃん。

ニホンはそういうとこ、重く考えすぎだもん。いいよ別に、ムセキニンでさ」

ロズィは僕に寄りかかった。彼女のほうが背が高いので、僕の頭にロズィの頰がくっつくかたちになる。

「か、考えておく」

「やった！」

「違うよ！　今のは……婉曲《えんきょく》なお断りの表現っていうか……」

「エンキョクってなに？」

「ま、回りくどい言い方……？」

「えーなにそれ。意味わかんない」

返す言葉もなかった。けれど、ロズィは淡々と続ける。

「でもロズィ、別にがっかりしたりしないよ。人の気持ちなんてさ。そんな全部はっきりなんてできないもんね」

ロズィは不思議な子だ。子供っぽいかと思えば、ときどき急に大人びて見える。

「僕は……そんなに達観できない」

「タッカン？」

「説明が難しいな。ロズィは中学生なのにすごいね、ってこと」

「だからトシは関係ないじゃん。カレシが言ったんでしょ、イオカはイオカだって。じゃロズィはロズィだよ」

「ううん、まあ、そうかな……」

本当に参ってしまう。僕のほうが聞き分けのない子供みたいだ。

なんと言ったものか唸《うな》っていると、彼女はひょいと立ち上がった。

「でもね、ロズィはすごいよ。カレシ、それは合ってる。これからもっとすごくなる。自分でわかるもん。今回はイオカに負けたけど、チャンスはまたあるから。こんなところで立ち止まってられないよ」

僕は立ち上がったその姿に、圧倒された。

背の高さに、ではない。

彼女には、確信がある。

今、ここに存在していい。やがて自分がなにかを成す。そういう、確信。

それは、僕にはないものだ。

そしてきっと、衣緒花《いおか》にも。

「あ、忘れるとこだった。はいこれ」

手渡されたのは、一枚の紙。その意味を理解したのは、思わず受け取ってしまった後だった。

「来るでしょ。これ持ってれば入れるから」

「待ってよ、僕は行く気は……」

「ロズィだけでこんなの持ってこれるわけないじゃん。シイトも来いって」

その名前と同時に、脳内であの低い声が再生される。

——君の顔が見えたほうが、彼女も安心するだろう。

けれど今の僕には、衣緒花《いおか》の力になれる要素はない。

そんな期待には、もう応えられない。

「じゃ、ロズィもう行くね。カレシも一緒に出る？」

「いや、僕は……」

「えー、あれやってみたかったのに、えっと、アイアイガサ！」

「レインコートがあるじゃないか」

「わかってないなー。一緒に入るのがいいんじゃん。まあいいや。今度なんかもっといいことしてもらおっと。それじゃね！　バイバイ！」

ロズィは僕にチケットを押しつけると、レインコートのフードを被《かぶ》り、ひとりで雨の中に出ていった。バシャバシャと足元で水が跳ねて、彼女の居場所をこれでもかと主張していく。

僕はそんな彼女の後ろ姿を見ながら、ふと思う。

このまま彼女について行けば。

彼女の——カレシになってしまえば。

僕はもう、こんなに悩まなくてよくなるのだろうか。

衣緒花《いおか》のことを、忘れてしまえるのだろうか。
自分でも、わかっている。
そんなに簡単なものじゃないよな。
テーブルの上には、手つかずのドーナッツと、一枚のチケットが並んでいた。

第９章

心が求めるものすべて

AOHAL DEVIL

「ごめん、ロズィ。助かった」

「んーん。いいよゼンゼン。でも、ホントに来ないかと思った」

ショーの当日。

結局、僕は会場の逆巻《さかまき》アリーナへと足を運んでいた。

ロズィと別れてから散々悩み、今日になってからも何度も周辺を行ったり来たりしたのだが、最後にはここに来てしまった。

理由は自分の中でもはっきりしていない。それでも、まだ燻《くすぶ》っているものがあることは確かだった。終わってなお、いまだ消えていない、なにか。衣緒花《いおか》がショーに出る姿を見届けることができれば、そのわだかまりもようやく、灰になるのではないか。そんな期待が、自分の中にあるような気がする。

トータルガールズコレクションの会場は、思っていたのとはだいぶ違っていた。なにかでチラリと見たことのあるファッションショーは、黒い床にところ狭しと椅子が並べられ、その中央をモデルが歩く、どちらかというと厳かなものだった。しかしこの場所の雰囲気は、なんというか——そう、お祭りだ。

僕とそう年齢が変わらない人から大人まで、いろいろな人でごった返している。あらゆるところがピカピカと光っていて、賑《にぎ》やかなことこの上ない。たくさんのブースが並んでいるのも、まるで出店のようだ。

あまりにも人がたくさんいたのと、こんなところに来たことがないせいで、いったいどこから入ればいいのか途方にくれてしまった。こんなことになるなら三雨《みう》と一緒にライブくらい行ってみればよかったと思うが、後の祭りもいいところである。結局ロズィに連絡して迎えに来てもらうという情けないことになってしまい、今に至るのだった。

「来るってわかってたら、ちゃんとエスコートしてあげたのにさ。まったく、カレシったらみず……水っぽい？」

「水くさい、かな」

「多分それ」

なぜか偉そうにふんぞり返りながら、ロズィはそう言う。

「本来は水っぽさを薄情さにたとえた言い回しだ。間違っているともいえない」

聞き覚えのある低い声が、喧騒《けんそう》の中でもはっきりと響いた。

声のするほうには、厚い胸板と端正な顔の、スーツの人物が立っていた。

「あ、清水《しみず》さん。その節は……」

「久しぶりだな、少年」

ロズィの隣に立って、清水《しみず》さんは挨拶をする。

「ロズィ。彼にも謝罪は済ませたんだろうな？」

「あ、うーんと、なんとなく……？」

「ロズィ」

低い声をいっそう低くして、清水《しみず》さんは凄《すご》む。

「ご、ごめんなさい！」

「いや、僕は別に……」

そう言われても実際のところ、衣緒花《いおか》にはともかく、僕に謝られる理由はあまりないような気もする。

「ロズィはもう少し人当たりを丁寧にしたほうがいい。礼儀正しくして悪いことはない」

「マミィにそんなこと言われたことないもん！」

「俺は君のモデル活動を支えるマネージャーとして、君が実力と関係ないところで損をするのが心配だと――」

清水《しみず》さんはロズィの首根っこを捕まえてしばらくくどくどとお説教をする。

さすがのロズィもしんなりと反省してきたところで、清水《しみず》さんは今度は僕に向き直った。

「写真の件は聞いている。この件、悪いのはロズィだが、君にも注意してもらわなくてはならない。君だって衣緒花《いおか》のキャリアを傷つけたいわけではないだろう。付き合うなと言っているわけではないのだが、人目を忍んで健全に——」

「それは……すみません。でも、あの……」

「なんだ」

「衣緒花《いおか》、どうしてますか」

僕の質問に、清水《しみず》さんは驚いた顔をする。

「君と連絡を取っていないのか」

「いろいろありまして」

「ふむ……」

清水《しみず》さんは額に手を当てて、考える素振りをした。

「……むしろ納得いく、か」

「どういうことです？」

「衣緒花《いおか》がどうしているか、と聞いたな。あの子は完璧だ。今のあの子は……そうだな、磨き上げられた日本刀といったところか。ここまで仕上げてくるとは、俺も思わなかった」

「それは……」

「それほどまでに衣緒花《いおか》を変えるなにかがあったのだろう、とは考えていた。そして君は連絡を取っていない。そしておそらく、それは衣緒花《いおか》の秘密に関係している。そうだな？」

僕はなにも言えなかった。しかし、清水《しみず》さんはそれも織り込み済みのようだった。

「まあいい。詮索する気はない。さしあたりは、悪い方向には行っていないようだ」

そう言って、清水《しみず》さんは踵《きびす》を返《かえ》す。

「さて、俺は控室の方に行かなくてはならない。君も来るか？」

「いえ、僕は……」

今、衣緒花《いおか》と顔を合わせる気持ちには、どうしてもなれなかった。

悪魔を祓《はら》ってしまえば、僕はいないほうがいい。邪魔なだけだ。

「そうか。それならいいが……俺は君のことも心配している」

「心配、ですか」

「ああ。後悔のないようにな、少年」

後悔。

清水《しみず》さんが残していったその言葉は、僕の中に、重く沈む。

僕が後悔すべきなのは、もっと前の時点だ。

今更もう、なにも変えられない。いや、変えるべきではない。

彼女は正しく、その行き先にたどり着いたのだ。

僕はそれを見届ける。

そして今度こそ、元の日常に戻る。

今やるべきことは、それだけだ。

ぐるぐると自分の気持ちの尻尾を追いかけていると、あっという間に時間が経《た》ってしまっていた。僕は腕時計の針が、ちょうど上を向いたのを確認する。

……いよいよ、ショーがはじまる。


会場の照明が落ちる。

アナウンスが響く。

ディスプレイが煌々《こうこう》と光る。

暗闇から湧く歓声。

「はじまるよ」

ロズィのその声が、耳に届いて。

僕たちを含む無数の瞳が、ランウェイの上を、静かに見つめた。

■

私にとってはじめてのファッションショーが、はじまった。

控室のモニターには、ピカピカと光る色とりどりのペンライトが映っている。音楽と歓声が、遠くに聞こえてくる。

まるで音楽のライブのような盛り上がりは、トータルガールズコレクションの特徴だった。

普通は音楽のリズムに合わせず、表情を崩さず歩いて、エレガントに服を見せる。けれどこのショーは真逆だ。ウォーキングはダンスに近く、モデルも笑顔で歩く。

だから私もこの場に合わせて、自分を高揚させていた。

――いや、それは嘘《うそ》だ。高揚せずにはいられなかった。

それは間違いなく、私の中から湧き上がってくる感情。

だって、今まさに、私の夢は叶《かな》おうとしているのだから。

出番まで、あと30分。

ヘアメイクを終えた私は、いよいよ舞台裏で、今日着る服に袖を通していた。

フィッターさんの指示に従いながら、ひとつひとつピースを身に着けていく。当然人のいるところで一度裸になるが、そんなことは気にならなかった。マネキンの裸を気にする人なんていない。それと同じだ。

私の体は、今、服を美しく見せるためだけに存在している。

そしてこの場にいるすべてのスタッフが、そのために働いている。

もっと大きなもののために、私たちはここにいる。

だから、なにもかも完璧に仕上げてきたつもりだった。

体調も。肌も。ウォーキングも。ショーが決まってから、私は今この瞬間のために生きると、心に決めた。ううん、ずっとこの瞬間のために生きてきた気がする。

このショーに出るすべての服は、私のイメージで作られている。

手《て》塚《づか》さんは、オーディションに合格した後、私と対面してこう言った。

伊藤《いとう》衣緒花《いおか》の物語は、ピノッキオだ。

雷に打たれたみたいだった。予感がして、思わず聞いてみた。初期にあった、星のヘアピン。あれはなんの物語をモチーフにしていたのかと。

手《て》塚《づか》さんは、驚いたように笑った。

答えは、ピノッキオ、だった。

手《て》塚《づか》さんは、私があのヘアピンを大切にしていたことを知らない。なのに私を見て、もう一度ピノッキオをテーマにしようと考えた。はじめて同じモチーフを再び使った。

私は震えた。本物のデザイナーには、魂のかたちまでわかってしまうとでもいうのだろうか。

もうひとつ、どうしても聞かなくてはならないことがあった。

私がどこにでもいる人形だという評価は本当なのか。

本当だ、と彼は言った。

けれど、こう続けた。

だからこそ素晴らしい、と。

なにもかもが運命だと思った。

これは私の物語だ。私が主人公の。私だけが特別な。

手塚《てづか》さんは、それ以上なにも言わなかった。だからそれはきっと、私が聞く必要のないことだと判断した。私はコレクションのデザインを見て、ピノッキオの物語に触れ、自分なりに意味を解釈していった。

それは、魔法の力で、人形が人間になる物語。

願いを叶《かな》える物語。

リハーサルで身につけた服は、私にぴったりだった。当然だ。私のためだけに作られた、ワンオフの服。本来カジュアルなトータルガールズコレクションの中で、そのドレスはきっと異質に映るだろう。けれどそれこそが、ナラテルの——いや、私の世界観なのだ。

それに合わせたウォーキングも、十分に練習できていた。服がどう体を包むのか。歩くとどう揺れるのか。すべて完璧に把握できている。もはや私の服は、私の体の一部だった。

はしゃぐ他のモデルのおしゃべりの声が耳に入って、私は神経が逆立つのを感じる。けれど、深呼吸して意識を自分の体に向ける。

悪魔はもう、私には憑《つ》いていない。

今、私を阻《はば》むものはなにもない。

衣緒花《いおか》。集中しなさい。

他人なんか関係ない。そのはずでしょう。

ちくり、と胸に小さな痛みを感じて、私の体は、あの日の温《ぬく》もりを思い出しそうになってしまう。もう過ぎたことだ。今は関係ない。

大丈夫だ。

たとえジミニー・クリケットがいなくたって。

私はモデルとして選ばれて、ここにいる。

たったひとりの、特別なファーストルック。

意識を、もう一度研ぎ澄ませる。自分だけを見つめればいい。

けれど。

フィッターさんが私に服を着せ終えて。

思わず、声を漏らしてしまった。

「なに、これ……」

周りのスタッフが、顔面蒼白《そうはく》になっている。

「す、すみません、確認します！　衣緒花《いおか》さんは待機していてください！」

「おい、なんでこんなことになっている！」

いつも冷静な清水《しみず》さんが、珍しく声を荒らげている。

着せられているときから、おかしい、とは思っていた。

服を着せてくれているあいだ、フィッターさんの顔が徐々に曇り、終わるころには蒼白《そうはく》になっていくのがわかった。

ショーには不測の事態がつきものだって、私は知っている。

だからあらゆる可能性を考えてきた。

つもりだった。

「着せるときには注意しろとあれほど言っただろ！」

「違います、最初からこうなっていたんです！」

「最初からっていつからだよ！　事故ってことか⁉」

「いえ、リハーサルの後は厳重に管理していたはずです……こんなの、ありえない！」

周りの声が、遠くなっていく。

デザイナーの手塚《てづか》さんは私に合わせて、その服を作った。

私の中の物語が、ブランドの物語として、伝わるように。

それが。

ズタズタに、切り裂かれていた。

くるぶしまであったはずのスカートは太ももの上までしかなくなっていて、切れた生地は垂れ下がり、後ろに引きずっている。首元は縦に破かれ、胸が見えそうなくらいはだけていた。胴には幾つも切れ込みが走り、脇腹が露出する。靴に至っては真っ二つになっていて、裸足《はだし》で歩くことになりそうだった。

「なに、これ……」

意識が遠のく気がした。

私は、スタッフが騒ぐのを、どこか他人事《ひとごと》のように聞いていた。

「別のなにかないの⁉」

「あるわけないでしょう、全部ワンオフですよ⁉」

「なんとか縫って……無理よこれ！　どうやっても間に合わない！」

「とりあえず順番後に回せ！」

「無理です、ファーストルックはもう衣緒花《いおか》さんでプレスリリースも出してるんですよ⁉」

「これを出すよりマシだろ！」

これ、と言われた自分の姿を確認しようと、鏡を探してあたりを見回す。

しかしなぜかどこにも見つけることはできなかった。

ああ。

やっぱり、私はここに来るべきじゃなかったんだ。

どんなに努力をしたって、正しい結果が出るとは限らない。

理解していた、はずなのに。

「衣緒花《いおか》さん、すみません、やはりこれで出てもらうしか――」

事故だということはわかっていた。

大丈夫。

それがどんな形でも、仕事をするのがプロだ。

服に罪はない。

心を落ち着けるために、私は想像する。

出ていく私。ひどい有様《ありさま》の服。静まり返る観客。やがてどよめきが起きる。罵声まではきっとないだろう。それがあるとしたら、現場ではなく、終わった後。メディアに写真が出てからだ。その先どうなるのかはわからない。けれど、笑いものになることだけは間違いない。もしかしたら、モデルの仕事はもう来なくなるかもしれない。

体に熱を感じて、私は目を閉じる。

大丈夫。

やれる。

どんな結果であっても、受け入れてみせる。

そのために、私は今、ここにいるのだから。

時間を知らせる合図があって、音楽が鳴り響く。

この曲が使われることは、ずっと前からわかっていた。

星に願いを《ホエン・ユー・ウイッシュ・アポン・ア・スター》。

私は一歩を踏み出した。
裸足《はだし》で踏むランウェイは、どこまでも冷たく感じる。
心のうちを悟られないように、指の先まで自信をみなぎらせ。
できるだけ確かな足取りで、私は歩く。
会場に踏み入ると、照明で視界が真っ白になる。
次の瞬間、聞こえてきたのは。
戸惑いのざわめき。
ではなく。
嘲りの罵倒。
でもなく。
割れんばかりの、歓声だった。
なにが起きているのかわからなかった。
どうして？
この格好を見て、なぜそんな声を上げられるの？
誰かが私の名前を呼んでいる。
かわいい。素敵。きれい。
賞賛の声が遠くに聞こえて、色とりどりのペンライトが揺れる。

私は混乱していた。けれど、体に叩《たた》き込まれた歩みは、自動的に私を運んでいく。
そうして辿《たど》り着《つ》いたランウェイの端で、とびっきりの笑顔を見せる。
……そのはずだった。
私は見てしまった。
関係者席で、手塚《てづか》さんが、満足そうに笑っているのを。
気がつくと、私は立ち止まっていた。
体が動かなかった。
わかってしまったのだ。
みんなが見ているのは、ナラテルのファーストルックだ。
私でも、ロズィでも、他の誰かでも。
なにを着ていたって、どんな風に歩いたって、そんなことは関係ない。
努力なんて。
想《おも》いなんて。
誰も見ていない。
積み上げてきたものも、費やしてきたものも、無意味だったんだ。
このランウェイの先には、なにもない。
私は、特別には、なれない。

だったら、服なんかいらない。
なにもかも、すべて。
消えてなくなってしまえばいいのに。
あれ。
私。
なにを、願ってたんだったっけ。
なにに、なりたかったんだっけ。
思い出せないよ、有葉《あるは》くん——
肌が、一瞬で沸騰する。
空気が揺らぐ。
誰もが私を見る。
数百、数千、いや、数万の目が、もう一度、私に注がれる。
音楽が遠のいていく。
そして炎が、すべてを覆った。

■

僕はその姿に、思わず息を漏らした。

美しい、と思った。

そのドレスは、部分部分を見れば、あたかも破れているかのように見える。いろいろなところに切れ込みが入っていて、衣緒花《いおか》の白い肌が顕わになっている。しかしひとたび全体のシルエットを見れば、それが計算しつくされたものであることは、僕にさえわかった。

流れる曲は、星に願いを。

僕はピノッキオの物語を思い出していた。

善を知らぬ未熟な人形は、さまざまな失敗の果てに、夢を叶《かな》え、人間へと至る。

衣緒花《いおか》は今この瞬間、ランウェイを歩いて、傷だらけの姿に賞賛を浴びる。

そして彼女は、人間になる。

一見荒れ果てたようにみえる、けれどそれこそが美しく作られた服は——衣緒花《いおか》の物語そのものだった。

けれど、衣緒花《いおか》の様子はおかしかった。思いつめた表情は歩みを進めるほどますます曇っていって、足取りは鉛でもつけているかのように重くなっていく。

そして彼女は、立ち止まってしまった。

客席が、ざわめきはじめて。

僕は、恐ろしいことに気づいてしまう。

もしデザイナーに、ひとつだけ誤算があるとすれば、そう。
彼女が、悪魔に憑かれていることだ。
僕は知ることになる。
最悪のタイミングに、最悪のかたちで。
彼女の悪魔が、祓《はら》えてなんかいなかったことを。
次の瞬間。
衣緒花《いおか》が、爆《は》ぜた。
いや、そう見えた。
視界が真っ白に染まる。
それはもはや、炎ではない。
爆発、だった。
地響きのような音が、鼓膜を殴りつける。
重い照明が崩れ落ちていく。
すべてのカメラが順番に破裂する。
真っ暗になった世界で、あらゆる場所が燃え、煙をあげていた。
怒号。悲鳴。嗚咽《おえつ》。地響き。逃げ惑う足音。
まるで津波のように、客席を炎が包んでいく。

「危ない！」

僕は隣のロズィをとっさに体で庇《かば》う。

熱波が体を焦がす。

あまりの熱さに、声が漏れる。

「ぐ……！」

ロズィは僕の下から顔を出すと、悲鳴をあげた。

「カレシ、大丈夫⁉」

「な、なんとか……」

「ねぇ、なにこれ。これも悪魔の仕業なの？　イオカ、どうなってるの⁉」

それは僕が聞きたかった。

あたりはパニックだった。なにもかもが燃え盛り、誰も彼もが逃げ惑っていた。

一言でいえば、それは災害だった。

世界の終わりというものがもしあるとしたら、きっとこんな光景なのだろう。

ランウェイの上では、炎が燃えている。

あまりの眩《まぶ》しさに、衣緒花《いおか》の姿は、見ることができない。

でも、彼女はそこにいるはずだ。

しかし、今は――

「ねぇ、どうしよう！　ロズィ、ここで死んじゃうの⁉」

――ロズィの安全が、先だ。

「こっち！」

僕は彼女の手を引いて、出入り口とは逆の方向に走る。

席からほど近く、比較的人の少ない非常口から、彼女を引っ張り出す。どんな場所でも退避ルートを確認しておくことが癖になっていた。それが今役に立つとは、あまりにも皮肉すぎる。

建物の外になんとか辿《たど》り着《つ》くと、そこは人でごった返していた。ある人は遠巻きに火災を見守り、ある人は怪我《けが》をして横たわっていた。ひとまずここまで来れば、ロズィは安全だろう。

「ロズィ！　無事だったか」

ずっと彼女を探していたのだろう、清水《しみず》さんが僕たちを見つけて駆け寄ってくる。

彼女は泣き出していた。

「シイト、怖いよ！　どうなっちゃうの⁉」

「大丈夫だ。君の安全は俺が責任を持つ。ここなら安全だ」

「でも、イオカは⁉　燃えちゃったよ⁉」

「それは……」

僕のせいだ。

これはすべて、僕の責任なのだ。

なにが起きたかは明白だ。

悪魔は祓えていなかった。

それが現実だ。そういうことなのだ。それ以外に説明がつかない。

でも、どうして？

彼女の願いは、今、叶《かな》ったんじゃないのか？

そして、僕は、気づく。

気づいてしまう。

自分の、あまりにも大きすぎるあやまちに。

そうだ、佐伊《さい》さんは言っていたじゃないか。すべての条件を満たす必要がある、と。

燃やしたい相手が、いつもそこにいた。だから僕はこう結論づけた。邪魔なものをすべて燃やして、一番になりたい。そして実際に、ロズィは身を引き、衣緒花《いおか》は望むものを手に入れた。

そう、思い込んでいた。

そうじゃないんだ。

だって、それだと。

僕と衣緒花《いおか》が出会った、あの屋上での出来事。

最初の一回が、当てはまらない。

「俺が行く。救助隊を待ってはいられない。ロズィ、君はここで待っていろ」

清水《しみず》さんがそう言って、上着を脱ぐ。厚い胸板と、シャツの上の黒いサスペンダーが見える。

「いえ、僕が行きます」

「ダメだ、少年。君を行かせるわけにはいかない」

「いえ、僕が行かないといけないんです」

「なにを言っている。怪我《けが》をしたらどうするつもりだ。命にかかわる。ダメだ。ここは大人に任せろ」

「いえ、違います。僕には――僕には、やらないといけないことがあるんです！」

それだけ言って、走り出す。

これは僕が招いたことだ。

だから僕がやるべきだ。

そして僕にしかできない。

衣緒花《いおか》に、伝えなくてはならないことがある。

そして今度こそ、悪魔を祓《はら》う。

だって、僕は彼女の、エクソシストなのだから。

■

「うっ、この匂い……」

熱とともに鼻を直撃したのは、硫黄の匂いだった。

すり鉢状になった客席。並んだ無数の椅子。狭い通路。

そのすべてが炎に包まれていた。

熱は肌を灼《や》き、光が目に刺さった。あちこちでオレンジ色の炎があがっている。燃えるはずのないものまで侵食し、飲み込もうとしていた。崩れ落ちた設備の残骸が、そこかしこに積み上がっている。ここにいるだけで、体が灼《や》かれていく。

一言でいえば、それは地獄そのものだった。

その向こう側。

奥から手前に長く伸びたランウェイの上。

地獄の玉座。

そこに、彼女はいた。

「あ、有葉《あるは》くん……なんで……」

その声の響きは、もはや、人間のものではなかった。

高いようで、低いようで、透き通ったようで、濁ったようで、張りがあるようで、しわがれたようで、なぜか燃え盛るアリーナの中で、確かに響く。

僕は肌で理解する。

これは、悪魔の声だ。

「み、見ないでください！」

そして衣緒花《いおか》の姿もまた、変わり果てていた。

足元に黒く焦げた僅かな残骸が、服がすべて燃え落ちたことを物語る。白い肩も、豊かな胸も、細い胴も、窪《くぼ》んだへそも、すべてが露《あら》わになっていた。

いや、すべてではない。

人間の姿を保っていたのは、そこまでだった。腕から先は鱗《うろこ》に覆われ、肘からは棘《とげ》のようなものが幾つも飛び出ている。長かった指は不自然に伸び、鋭い鉤爪《かぎづめ》を形作る。長く太い尻尾が床に伸びていた。

美しかった髪はうねりながら伸び、床に届いていた。その髪の間からは、何本もの尖《とが》った角が飛び出している。

そして。

炎の中でなお金色に輝く、縦に裂けた瞳が、僕を捉えていた。

「有葉《あるは》くん。私……私、悪魔になっちゃった！」

口を開くと、二股に分かれた舌が覗《のぞ》いた。

その姿は、トカゲでも、ティラノサウルスですらなく。

まるで、邪悪なドラゴンだった。

こんなことがあるのか。

これが、悪魔の真の姿なのか。

僕は、とてつもなく恐ろしいものと戦っていたのではないか。

そのことをあまりにも今更に思い知らされ、体が震える。逃げ出したくなる。

でも、僕はそれを、体の奥に押し込める。

「待ってて！　いま行くから！」

逆巻《さかま》き炎、その中心に座する竜の姫へ、僕は走り出した。

「うわっ！」

しかしそれを阻《はば》むように、炎が吹き上げる。積み上がった瓦礫《がれき》の中を、僕は抜けていく。

炎の壁が、何重にも行く手を阻《はば》んでいる。

ゆっくりとその中を進んで、ランウェイの上に呼びかける。

「ぐ……衣緒花《いおか》！」

遠い。手が届かない。もっと近づかないと。

しかし、一歩ごとに炎は激しくなる。

僕の体も、今にも燃え上がってしまいそうだ。

「有葉《あるは》くん。もう遅いんです。私燃やしちゃいました。なにもかも！」

彼女が叫ぶたび、口から炎が漏れていた。それを受け止めるように、あちこちで爆発が起きる。そのたび熱の波が空気を揺らす。

喉が焼けて、息ができない。刺すような痛みが体を貫いている。

それでも。

僕は衣緒花《いおか》のところに、行かなくちゃならない。

崩れ落ちそうな膝で、なんとか体を支え、瓦礫《がれき》を登って、ランウェイにたどり着いた。

「ごめん」

口を開くと、熱された空気が肺に流れ込んだ。ようやく、それだけ言うことができる。

「有葉《あるは》くん……なんで……なんで謝るんですか？　私が、私が全部悪いんです。この姿を見ればわかるでしょう！　私は、化物なんです！」

「違う、違うんだ」

「なにも違いません！　これが私なんです。私は……私は心の醜い女なんです。こんな私じゃ、どうせなにも叶《かな》えられない。誰も私のことなんか見てくれない。だったら……夢なんか見なければよかった。特別になりたいなんて、最初から思わなければよかった！　全部全部、なにもかも、間違ってた！　だから……だから罰を受けているんです！」

「そんなこと言うな、衣緒花《いおか》！」

ランウェイを一歩、彼女に近づくと。

衣緒花《いおか》は鱗《うろこ》の生えた足を下げる。

僕は振り向いて、客席を見渡す。

おそらくは一万人を超えるであろう人が、さっきまでここにいた。

その視線が、衣緒花《いおか》ひとりに注がれていた。

でも。

本当に衣緒花《いおか》を見ている人は、いなかったんだ。

ただのひとりも。

いや、たったひとりを除いて。

僕は覚悟を決めて、息を吸う。熱が、痛みが、速やかに体の内側へと至る。

それでも、僕は、伝えなくてはならない。

「……僕は衣緒花《いおか》のことを、もっと信じるべきだった。説明がつかないんだ。全部の条件を満たしてなかった」

「じょう、けん……？」

彼女が足を引くと、鱗《うろこ》がじゃらりと音を立てた。

「僕は忘れてた。屋上で、僕と君がはじめて会ったあの日のこと。誰もいないのに、なにも邪魔するものがないのに、衣緒花《いおか》は燃えてた。だってそうだろ。僕は炎の光を見て、その正体を確かめるために屋上に行ったんだ。わかる？　僕を焼くために君が燃えたんじゃない。君が燃えていたから、僕らは出会ったんだ」

「有葉《あるは》くん、なにを言って……」

彼女の縦長の瞳が、見開かれる。

「燃える条件だけでなく、消える条件も考えるべきだった。君が炎をあげたときは、誰も君を見ていなかったときだ。君が自分の気持ちを、誰かにわかってほしかったときだ。そして炎が消えたときは、誰かが——いや、僕が！　君の心を見ていた！」

「ダメ……はなれて……有葉《あるは》くん……」

手に、足に、尻尾に、角に、炎がちらつく。衣緒花《いおか》は自分の肩を抱いてそれを必死で抑えようとする。

火は、熱と光でできている。

僕は、熱しか見ていなかった。

ものを破壊する力。震え、衝突し、バラバラにする力。

でも。

大事だったのは、光だったんだ。

それはなにもかも飲み込む焔《ほむら》ではなく。

誰かに自分の居場所を知らせるための、灯《ともしび》だったのだ。

だから、僕は衣緒花《いおか》を見つけることができた。

彼女に出会うことができた。

大海原で北極星を追う、船人のように。

炎が、彼女の体から吹き上がった。それはまたたく間に火柱となって彼女を包むと、ランウェイを覆う。炎の壁が、僕を阻《はば》む。

でも、もうそんなことは関係なかった。

衣緒花《いおか》の目からは、多分、涙が流れていたのだと思う。それはすぐに蒸発し、煙になって立ち上る。泣くことでさえ、今の彼女には許されない。

「もう、わかってるよね」

彼女の体は、確かに燃えないのかもしれない。けれど、心は炎に苛《さいな》まれているはずだ。

僕は、伝えなければならない。

「答えて衣緒花《いおか》！　君の願いは！」

それが僕の、最後の仕事だ。

「私の、願いは――」

衣緒花《いおか》の――悪魔の放った火が、まっすぐ僕に向かう。

「――私を……誰か私を見て！」

僕は走った。

逃げるのではなく。

迫りくる、炎に向かって。

靴底が溶けて転びそうになる。
炎が体を這《は》い上《あ》がる。
肉の焼ける匂いがする。
全身を切り刻むような痛みが、僕を襲う。
これは、罰だ。
そう、僕が悪かった。間違っていた。
君はずっと、助けを求めていた。
炎をあげるほど、自分を見てくれる人に焦がれていた。
なのに、僕は結局、悪魔のことしか見ていなかったんだ。
自分はエクソシストだと、そう嘯《うそぶ》いて。
だから甘んじて受けるよ、衣緒花《いおか》。
炎が僕を焼いても。
君がどんなに醜くても。
二度と、君から、目を逸《そ》らさない。
「衣緒花《いおか》ぁっ！」
「有葉《あるは》くん！」
炎を越えて、僕は飛び込む。

広げた両手が、ようやく彼女に届く。

ずっとこうしたかった。

もっと早く、こうしていればよかった。

僕は彼女を抱きしめる。

星の重力に引かれ、石は墜落した。

僕たちの距離は、はじめてゼロになる。

「私、ずっとひとりで……結果を出さないと、誰も認めてくれなくて……このままずっとそうなんじゃないかって……だから……私……！」

熱に全身が焼かれる。棘《とげ》が身体《からだ》に刺さる。煙が肺を焼く。酸素がない。呼吸ができない。

それでも、最後の力を振り絞って、彼女の耳元で、僕は告げる。

「僕が、見てるから。君を、ぜんぶ。ずっと――」

そしてすべてが、燃え上がった。

なにもかもが青い炎に包まれて。

そして、燃え尽きた。

一瞬にして、すべての炎は消えた。まるで魔法みたいに。いや、もとから魔法だったのかもしれない。なにせ、悪魔のやることだから。

あとに残されたのは。

煙と。
崩れ落ちた僕と。
それを助け起こそうとする衣緒花《いおか》だけだった。
重い瞼《まぶた》を開くと、いつもの姿に戻った衣緒花《いおか》が、そこにいた。
ああ、よかった。
今度こそ、悪魔は祓《はら》えたんだ。
「有葉《あるは》くん……有葉《あるは》くん！」
その声も、すでに聞き慣れたものになっている。
大粒の涙が、僕の顔に落ちたのがわかった。
ああ、よかった、と思う。
炎に焼かれることなく、衣緒花《いおか》が泣いている。
声をかけようとしたけれど、言葉は空気になって、喉を通り抜けただけだった。
全身が猛烈に痛い。
ああ。
僕、死ぬのかな。
でも、いいんだ。
こうなるような気はしていたし、覚悟はしていた。

白く霞《かす》んでいく視界に、衣緒花《いおか》が映る。
僕を見て、泣いている。
遠ざかる意識から、僕は手を伸ばす。
その手を、衣緒花《いおか》が摑《つか》んだ。
彼女の手は、氷みたいに冷たくて。
それがとても心地よかった。
ああ、ダメだ。
約束したんだった。
ずっと君を見てるって。
だから、生きないと。
もし、悪魔がいるというのなら。
僕の願いも叶《かな》えてはくれないだろうか。
どんな代償でも払うから。
僕の喉は、声にならない声をあげた。
たすけて——
でもやっぱり、悪魔は来てくれなかった。
意識を手放そうとしたその瞬間。

ぼんやりした視界に、白い服を着た人たちが、何人も現れる。
誰もが僕に手を伸ばしている。
そうか。
悪魔じゃなくて、天使が迎えに来たんだ。
それが僕の頭に浮かんだ、最後の思考だった。
けれど、やがて僕は知ることになる。
それが天使なんかではなかったことを。
「下がって！　要救助者発見しました！　搬送します！」
身体《からだ》が浮き上がる感触がして、僕は担《かつ》ぎ上《あ》げられた。
それはまるで。
天に召されるような、感覚だった。

第10章

石に落ちる星

AOHAL
DEVIL

それから丸々一ヶ月が経《た》った。

逆巻《さかまき》アリーナの大火災は、ものすごいニュースになっていた。すべてのカメラが瞬間的に燃えてダメになってしまったようだったけれど、衣緒花《いおか》が炎をあげる一瞬だけは中継されていて、その動画は瞬《またた》く間《ま》に広がった。原因についてはさまざまな憶測が流れ、警察と消防も本格的な捜査を行ったが、真相にたどり着ける人はおらず、原因不明の爆発事故という結末に落ち着きそうだった。もし彼女が犯人なら自分を燃やすはずがないし、悪魔なんてものが存在するなんて、想像もしないだろう。

話題の渦中《かちゅう》になったナラテルは毅然《きぜん》とした、かつ誠実な態度で事故の後処理に臨んだ。安全管理などについての批判が殺到したが、捜査によって潔白であることが判明すると、それはむしろ、被害に対する的確な事後対応への称賛へと変化した。

伊藤《いとう》衣緒花《いおか》とナラテルの秋冬コレクションは未完に終わったことで一種の伝説となり、SNSはその話題でもちきりだった。発売になるやいなや服は飛ぶように売れ、あっという間に入手困難になった。まったく世の中わからないものだ。

チーフデザイナーである手塚照汰《てづかてるた》は、インタビューで次のように語った。

〈困難を乗り越えてこそ、悪は善を学び、人形は人間になる。人生という物語は予想外のことばかりです。我々ナラテルはこの事故から立ち直り、さらに強い物語となるでしょう。伊藤《いとう》衣《い》緒花《おか》の物語もまたそうであることを、私は知っています――〉

そしてこれは驚きだったのだが、ロズィはどうやら、衣緒花《いおか》と仲良くなったらしい。ほとんど憎み合っていたふたりがいったいどうしてそうなったのか僕には想像がつかなかったが、ずいぶん頻繁にやり取りをしているようだ。モデルという同じ仕事をしている者どうし、きっと有意義な情報交換をしているのだろう……と思っていたのだが、ロズィの話からすると、もっぱら僕の話ばかりしているらしかった。まったく、なんの話をしているのやら。聞きたいような気もするし、聞きたくないような気もする。

心配して電話をかけてきた三雨《みう》はわんわん泣いて、それからどうせ入院しているなら暇だろうと言って、ロックの歴代名曲リストを宿題として送りつけてきた。最初からプレイリストでよかったような気はするが、わざわざ指摘するのも野暮な気がしてなにも言わずにおく。なんだかちょっと古くさいし、歌はほとんど英語だし、曲はノイズが多くてなにがなにやらわからなかったけれど、なにかを必死で訴えた人たちの気持ちは、感じ取ることができた。

そこで僕は、二十世紀少年という曲を、はじめて聴いたのだった。

僕は退院したあと、戻ってきた佐伊《さい》さんと再会した。いろいろな話をしたのだけれど、結局あの人のスタンスは、この一言に集約されていると思う。

〈ほらね、なにもかも私の言ったとおりだったろ？〉

まったく、呆《あき》れてものも言えない。今度寿司《すし》でもおごってもらわないと気が済まない。もちろん回っていないやつ、しかも、僕と衣緒花《いおか》のふたりぶんだ。

なににせよ、僕は毎日、ログインし続けている。ゲームに、というより、この世界に。

僕はしばらく、衣緒花《いおか》とは会っていなかった。

メッセージで様子は聞いていたものの、いろいろ理由をつけて顔を合わせるのは先延ばしにしていた。入院していたのを言い訳に、学校もしばらく休んでいた。

そのあいだに、僕はどうしても、やらなければならないことがあった。

それが終わるまで、衣緒花《いおか》に会うわけにはいかなかったのだ。

ようやくその宿題に納得いく結論を出してから、僕は学校に顔を出して。

そして放課後、衣緒花《いおか》を、屋上に呼び出した。

空にかかる薄い雲をしばらく見上げていると、鍵が壊れたドアが開く音がした。

そこには、久しぶりに見る、彼女の姿があった。

衣緒花《いおか》は屋上のドアを閉めると、僕にゆっくりと近づいた。しばらく無言だったが、やがておずおずと口を開く。

「その、お久しぶり、です」

「うん。久しぶり」

「えっと……体、大丈夫ですか？」

「もうすっかり元気だよ。医者も死にかけたのにって不思議がってた」

「そうですか。よかった……」

心の底からホッとしたように、彼女は胸を撫《な》で下《お》ろす。

「佐伊《さい》さんはね、部分的にアミーが僕の願いを叶《かな》えたのかもって。なのになんで憑《つ》かなかったのかは、よくわからないらしいけど」

「待ってください、アミー、ってなんですか？」

「衣緒花《いおか》に憑《つ》いてた、悪魔の名前だって。72種類にわける分類があるらしいんだ。衣緒花《いおか》のは58番、って言ってたかな」

「そうですか……それが、私の……」

いくばくかの沈黙を挟んで、衣緒花《いおか》はもう一度、僕を見据えた。

「あの、有葉《あるは》くん……」

「なに？」

「ごめんなさい」

そう言って頭を下げる衣緒花《いおか》は、この世の終わりみたいな顔をしていた。

「私、悪魔に憑《つ》かれて、全部燃やしちゃって、有葉《あるは》くんのことも傷つけて……だから、私のこと嫌いになって、それで会ってくれなかったんですよね。仕方がないことだと思います。私はそれだけのことを……」

ぎゅっと両手を体の横で握って、彼女は目も合わせずつぶやく。その反応に、僕は少し驚いてしまった。

「大人気モデルの私が顔を見せろと言っているのです、会いに来るのは当然でしょう——って言われると思ってたな」

「そ、そんなこと！」

衣緒花《いおか》らしくない、というより、一周回って彼女らしいな、と思う。

「ええと、僕こそごめん。そんなつもりはなくて。ただちょっと、どうしてもやらないといけないことがあったんだ」

「やらないと、いけないこと？」

「うん」

僕は背負った鞄《かばん》から、綺麗《きれい》に包装された小さな箱を取り出す。

箱には、青いリボンをかけてもらっていた。

「これ。君に」

「え？　私に、ですか？」

「他に誰がいるのさ」

僕が促すと、手品でも見たかのような顔で、衣緒花《いおか》はその箱を受け取った。

「えっと、なんで……」

「いいから、開けてみて」

彼女は裏側のテープを慎重に剝がすと、ガサガサと音を立てながら包装を解く。

そして中から出てきたグレーの箱を、おそるおそる開けた。

「あ……！」

僕と箱の中身を、交互に見比べる。

「これ、まさか、そんな……」

「つけてみてくれる？」

やがて彼女は震える手で箱から取り出したそれを、自分の髪に留めた。

「どう、ですか？」

「よかった、似合ってる」

それは、小さな青い石がついた、髪飾りだった。

「ありがとうございます。でも、どうして……」

「うーん。なんとなく。これだってものを探すのに、すごく時間がかかっちゃったんだ。それを選ぶまでは、会っちゃいけない気がしてさ。別に高級なものではないんだけど……でも、僕はこれがいいって思ったんだ。これが衣緒花《いおか》に一番似合うって」

「そんな……そんなことどうだっていいのに！　私が今までいったいどんな気持ちでいたと思ってるんですか！　本当に……本当に気が気じゃなかったんですよ！」

彼女の目に、みるみるうちに涙が溜《た》まっていく。

声はだんだんと詰まり、最後のほうは、もうほとんど泣きそうになっていた。

「でも、お守り、なくしちゃったしさ」

「別にいいって言ったでしょう！　だって……」

「うん。だからこれは、そうだな……お守りじゃなくて、目印かな？」

「めじ、るし？」

「約束したでしょ。ずっと見てるって。だから、衣緒花《いおか》がどこにいても、ちゃんとわかるように。目を離さないように。もう、燃えなくていいように」

僕は空を見上げた。

そう。

僕は約束したから。

星のようには輝けなくとも。

石にだって、見守ることくらいはできるはずだ。

「有葉《あるは》くん、それって……！」

「うん。僕は君の、エクソシストだから」

あれ？

妙な違和感を感じて、衣緒花《いおか》を見ると。

彼女は目に見えて不機嫌そうな表情をしていた。

さっき僕、いいこと言ったと思うんだけどな。

首を傾《かし》げていると、衣緒花《いおか》は涙を払うように、ふんと鼻を鳴らした。

「……私、実は面倒くさい女なんです」

そう言って、彼女は僕のほうに踏み出す。

「プライドばっかり高い割に自信がないし」

だんだんと、美しい顔が近づき。

「がんばってるようでいて自堕落なんですよね」

長い髪が、肩からさらりと落ちて。

「いつだって、自分が特別扱いじゃないとイヤだし」

鋭い両目が、僕を捉える。

「他の女の子のこと見てたら、焼いちゃうかも」

青い石が、深い色で輝いて。

「でも私、輝いてみせます。自分のやり方で。絶対に、目を離せないくらい。だから——」

そして、その瞬間。

「──ちゃんと見ててね。有葉《あるは》くん」

世界は、回転した。

この世界にはじめから特別なものなど、ないとでもいうように。

僕たちは、これからも、きっと叶《かな》わぬ願いに身を焦がし続けるだろう。

そして青春が続く限り、悪魔もまた現れる。

そのたび悩んで、傷ついて、ときには傷つけて、そうやって生きていくのだろう。

だけど、きっと僕たちは大丈夫だ。

星が燃えたって、石が落ちてきたって、恐竜みたいに滅んだりしない。

悪魔ではなく、星に願いをかける方法を、知っているから。

真っ青な空は、僕たちの頭上で、どこまでも続いていた。

—AOHAL DEVIL—
PURIFIED

Aohal Devil

[CAST]

IOKA ITO

ARUHA ARIHARA

MIU MIYAMURA

SAI SAITOU

KANAME KANEKO

ROSAMOND "ROSY" ROLAND ROKUGOU

SHIITO SHIMIZU

TERUTA TEZUKA

[STAFF]

TEXT : AKIYA IKEDA

ILLUSTRATION : YUFOU

DESIGN : KAORU MIYAZAKI(KM GRAPH)

EDIT : TOSHIAKI MORI(KADOKAWA)

SPECIAL THANKS :

KAZUKI HORIUCHI

KENJI ARAKI

KANAMI CHIBA

KOU NIGATSU

TAKUMA SAKAI

KOTEI KOBAYASHI

REKKA RIKUDOU

MIYUKI SAKABA

TOMOMI IKEDA

[LIST OF BOOKS BY AKIYA IKEDA]

OVERWRITE:THE GHOST OF BRISTOL

OVERWRITE2:THE FIRE OF CHRISTMAS WARS

OVERWRITE3:LONDON INVASION

AOHAL DEVIL

~~終章~~
序章

~~オーバードライブ~~
ディストーション

AOHAL DEVIL

自分で自分に驚いていた。
まさかこんなことになるなんて、思ってもみなかった。
多分、あの日から、気持ちは決まっていたんだと思う。
あなたが助けてくれた、あの日から。
なにもしなくたって、見逃したって、誰も責めたりしない。
なのにあなたは、受け止めてくれた。
壊れるはずだったものを、救ってくれた。
だから知ってほしくて、話を聞いてほしくて、近くにいたいと願った。
ずっと今のままの日常が続いて、でもいつかなにかが変わるって。
そんなことを子供みたいに信じていた。
そのふたつが矛盾していることに、気づかないフリをしながら。
かけがえのないものは、いつだって失ってからはじめて気づく。

なにが悪かったのだろう。
手に入らないものを、手に入れようとしなかったことが、罪なのだろうか。
こうして永遠になくしてしまうことが、罰なのだろうか。
いつもそうだ。
ふたつのうち、どちらかが選ばれるとき。
自分は絶対に、選ばれない側になる。
その運命を変えられるとしたら。
なにを捧《ささ》げたっていい。
ヘッドホンから流れる歪《ひず》んだギターを聞きながら、ゆっくりと目を閉じて。
ボクは瞼《まぶた》の裏にあらわれた、ウサギを追った。

To be continued to
—AOHAL DEVIL 2—

本書に対するご意見、ご感想をお寄せください。

ファンレターあて先
〒 102-8177　東京都千代田区富士見 2-13-3
電撃文庫編集部
「池田明季哉先生」係
「ゆーFOU先生」係

本書は書き下ろしです。

電撃文庫

アオハルデビル

池田明季哉《いけだあきや》

◇◇◇

2022年10月10日　初版発行

発行者　青柳昌行
発行　株式会社KADOKAWA
〒102-8177　東京都千代田区富士見2-13-3
0570-002-301（ナビダイヤル）
装丁者　荻窪裕司（META＋MANIERA）
印刷　株式会社暁印刷
製本　株式会社暁印刷

●お問い合わせ
https://www.kadokawa.co.jp/（「お問い合わせ」へお進みください）
※内容によっては、お答えできない場合があります。
※サポートは日本国内のみとさせていただきます。
※ Japanese text only

※定価はカバーに表示してあります。

ISBN978-4-04-914668-4　C0193　Printed in Japan

電撃文庫　https://dengekibunko.jp/

電撃文庫創刊に際して

　文庫は、我が国にとどまらず、世界の書籍の流れのなかで〝小さな巨人〟としての地位を築いてきた。古今東西の名著を、廉価で手に入りやすい形で提供してきたからこそ、人は文庫を自分の師として、また青春の想い出として、語りついできたのである。

　その源を、文化的にはドイツのレクラム文庫に求めるにせよ、規模の上でイギリスのペンギンブックスに求めるにせよ、いま文庫は知識人の層の多様化に従って、ますますその意義を大きくしていると言ってよい。

　文庫出版の意味するものは、激動の現代のみならず将来にわたって、大きくなることはあっても、小さくなることはないだろう。

　「電撃文庫」は、そのように多様化した対象に応え、歴史に耐えうる作品を収録するのはもちろん、新しい世紀を迎えるにあたって、既成の枠をこえる新鮮で強烈なアイ・オープナーたりたい。

　その特異さ故に、この存在は、かつて文庫がはじめて出版世界に登場したときと、同じ戸惑いを読書人に与えるかもしれない。

　しかし、〈Changing Times,Changing Publishing〉時代は変わって、出版も変わる。時を重ねるなかで、精神の糧として、心の一隅を占めるものとして、次なる文化の担い手の若者たちに確かな評価を得られると信じて、ここに「電撃文庫」を出版する。

1993年6月10日
角川歴彦